Aus. Ende. Vorbei.

HEIN PALER

Aus. Ende.Vorbei.

Die Woche nach der Katastrophe

Eine Skizze

Bibliografische Information der Deutschen Nationalbibliothek
Die Deutsche Nationalbibliothek verzeichnet diese Publikation
in der Deutschen Nationalbibliografie; detaillierte
bibliografische
Daten sind im Internet über http://dnb.d-nb.de abrufbar.

Umschlagdesign, Satz, Herstellung und Verlag:
BoD – Books on Demand, Norderstedt

ISBN 978-3-7481-4078-8

Inhalt

Donnerstag, 1. Juli

Das dumpfe Geräusch.
Alle hatten es gehört. Jeder erinnerte sich anders daran.

Gritt Habber, 14: »Es rumpelte, als würden alle Stahltore einer Fabrikhalle geschlossen. Mit großem Krachen rasteten sie ein.«

Thorben Dengmann, 59: »Ich meinte, in einem Gebirgstal zu stehen und zu hören, wie eine alles niederwalzende Lawine auf mich zukam.

Lisa Sandhoff, 3: »Wenn Opa Lustig im Bett einen Brummer ablässt. Dann hüpft die Bettdecke. Und es stinkt. So war auch das Geräusch.«

Timo Stulz, 36: »Stellen Sie sich vor, Sie tauchen im Meer. Plötzlich fallen von oben zehn, elf, zwölf gewaltige Felsen ins Wasser, rauschen hart an Ihnen vorbei und schlagen nur Sekunden später auf felsigen Meeresgrund.«

Das dumpfe Geräusch. Alle hörten es.
Es polterte. Unten in 35 Kilometer Tiefe, bald darauf in 15 Kilometer Tiefe.
Gläser und Scheiben klirrten, als es fünf Kilometer unter der Oberfläche rumorte.
Das dumpfe Geräusch. In Endlosschleife.
Entfesselte Urgewalt hob die ganze Stadt nach oben.
In einem Ruck. Um zwei Meter. Von jetzt auf gleich.

Hamburg wurde wie ein Pfannkuchen in die Luft geworfen.

Gleich darauf stürzte alles drei Meter in die Tiefe.
Krachend schlug Hamburg auf. Ungebremst.
Stein und Beton dröhnten, Stahl und Aluminum kreischten.

Das dumpfe Geräusch.
Erneut wurde die Stadt nach oben geschleudert. Diesmal um zwei Stockwerke.
Alle Menschen schrien. Ein einziger klagender Laut füllte die Luft.
Zum zweiten Mal stürzte Hamburg in die Tiefe. Das Fallen stoppte jäh. Wände taumelten, nickten in Ekstase, brachen auseinander. Rohre platzten, barsten, rissen. Brücken brachen nach wildem Tanz erschöpft zusammen.
Die Erde nickte wild. Schwang sich auf und ab.
Hin und her. Kreuz und quer.

Von einem Satelliten aus hätten Beobachter den Eindruck gehabt, Abfall würde in einem gigantischen Rüttelsieb sortiert.
Aus der Nähe teilte sich Hamburg in ganz neue Schichten.
Ganz oben bewegten sich Staub, Flyer, Coffee to go Becher, Baseballkappen, Smartphones, Brillen.
Darunter Blumen, vereinzelte Schuhe, Mäuse, Plastikflaschen, Äpfel.
Sodann Rollatoren, Brote, Katzen, Schulrucksäcke, Hände, Füße, Welpen, Kleinkinder.
Ziemlich unten Pflastersteine, Doggen, Fahrräder, Erwachsene, Papierkörbe, Verkehrszeichen.
Unten Mülltonnen, Autos, Verkaufsstände, Türen.

Eine Handbreit über dem Boden des Siebs schwebten Container, Lkws, Busse und Barkassen.

Hoch über allem kreischten verzweifelte Möwen.
Ihr Instinkt hatte versagt.

Das dumpfe Geräusch. Es verschwand so plötzlich wie eine Seifenblase.
Ruckartig endete der Tanz.
Alles sank, von Schwerkraft bestimmt, nach unten.

Es gab keine Gebäude mehr. Keine Mauern. Keine Bäume. Keine Straßen. Keinen Hafen.
Keine Elbphilharmonie. Keinen Michel. Die Hansestadt Hamburg lag unter
einem Leichentuch. Der Staub versteckte die Wolken.

Ähnliche Bilder boten Cuxhaven und Lüneburg,
Moskau, Nairobi, Tokyo, …

14.14 h,
Louise-Schroeder-Straße,
Hamburg

Der Aufzugkorb federte nach unten und oben, schwankte nach rechts und links. Seine vier Insassen wurden wie Billardkugeln durch den Korb gestoßen, hatten keine Chance, sich irgendwo festzuhalten.

Als der Spuk endete, kauerten alle benommen auf dem Boden. Die drei Älteren tasteten sich ab, bewegten ihre Arme, Füße, Hälse, sortierten sich innerlich, sahen sich gegenseitig an, nickten sich bestätigend zu. Der Jüngste aber, gerade zwanzig Jahre alt, blieb zusammengekrümmt in der Ecke sitzen, flüstete immer wieder: »Mami, Mami, ich will nicht sterben!« Der Mann mit den korrekt geschnittenen Haaren sah zur Frau: »Ich würde gerne zu ihm gehen. Aber unsere Kabine könnte dann abstürzen.« Die Angesprochene schwang ihren Oberkörper nach links und rechts und erhob sich vorsichtig. Sie lächelte den exakt Frisierten an: »Ich denke, dass ich etwas mehr wiege als Sie. Während meiner Bewegungen rührte der Korb sich keinen Millimeter. Dann wird er sich auch nicht von der Stelle bewegen, wenn Sie zu der Heulboje gehen. Wie hoch sind wir eigentlich?«

Jetzt griff der Mann mit dem dunkelblauen Mantel ins Gespräch ein: »Die Lampe zeigt den 4. Stock an. Das muss aber nicht stimmen. Denn wir waren genau in Höhe des 4. Stocks, als der Blindgänger hochging. Ich gehe mal vorsichtig zum Notfallknopf und drücke ihn, weil unser Aufzug feststeckt.«

»Bewegen Sie sich sachte!«, bestimmte der korrekt Frisierte. Er selbst näherte sich Zentimeter um Zentimeter dem jungen Mann und sprach ihn an: »Winand, Sie haben einen Schock. Legen Sie sich flach auf den Boden. Ich werde Ihre Füße hochnehmen und gegen die Wand lehnen.« Der Angesprochene unterbrach sein »Mami, ich will nicht sterben!«Gebrabbel nicht. Aber er legte sich auf den Boden, hielt dabei verkrampft die Hände vors Gesicht. »Gut, Winand! Nun setze ich Ihre Füße hoch an die Wand! Atmen Sie danach ruhig aus und ein. Ganz tief, ganz langsam!« Der Mann hob die Füße des Jüngeren hoch und trat dabei auf ein hellgelbes Feld des Bodenbelags. Im gleichen Moment kippte sanft, fast unmerklich der Kabinenboden nach links. Alle verharrten in ihren Bewegungen, wagten nicht einmal zu atmen. Mit einem leisen Pochen berührte die Kabine die Wand. Vier

Augenpaare weiteten sich vor Panik. Würde ihr Aufzug jetzt in die Tiefe stürzen und vier Stockwerke nach unten rasen? Keiner von ihnen würde das überleben. »Der Boden! Er zittert!«, flüsterte der gut Frisierte aschfahl. Die Wände der Kabine schwankten sanft. Die vier Eingeschlossenen warteten. Minuten wurden zu Ewigkeiten. Schließlich bewegte sich der Fahrstuhlkorb nicht mehr.

Der Mann im blauen Mantel drückte erleichtert den Notfallknopf. Ein-, zwei-, dreimal. Niemand meldete sich. Jetzt griff er zu seinem Handy: »Ich heiße Peer Friedrich. Nennt mich ruhig Peer. Wir vier müssen vielleicht einige Stunden gemeinsam in dieser kleinen Kabine verbringen, weil der Aufzug festsitzt. Ich rufe sofort den Hausmeister an. Seine Nummer steht hier auf dem Schildchen mit den Anweisungen für den Notfall.«

»Ich bin Ilona. Ilona von Beckfolt«, stellte sich die Dame vor und fragte: Wie meintest du das mit dem Blindgänger, Peer?« – »Weisst du, wie viele Blindgänger aus dem Zweiten Weltkrieg hier in Hafennähe noch rumliegen?«, fragte Peer Friedrich zurück. Er lauschte in sein Handy, sah auf die Anzeige. »Es gibt kein Netz hier.« Ilona von Beckfolt griff zu ihrem Smartphone. »Vielleicht habe ich ein anderes Netz, und das könnte funktionieren. Peer, meinst du wirklich, dass die hier ein zehnstöckiges Haus hinsetzten, ohne den Boden auf Blindgänger zu untersuchen?« – »Der Blindgänger könnte dreißig Zentimeter unter dem Fundament gelegen haben oder einen Meter daneben.«

Ilona von Beckfolt bekam auch kein Netz. »Komisch, sonst konnte ich immer im Fahrstuhl telefonieren. Sollen wir mal rufen, damit die draußen uns hören?« – »Erst, wenn Winand Mann wieder einen klaren Kopf hat«, warf der bestens Frisierte ein. »Ich bin übrigens Hanjo Dunwaldt, und

Winand hat tatsächlich den Nachnamen Mann, Winand Mann.« – »Woher weißt du, wie er heißt, Hanjo?« – »Ich bilde ihn aus, als Speditionskaufmann. Bei der Spedition im neunten Stock. Hat einer von euch etwas zu trinken mit? Etwas Flüssigkeit täte Winand gut.«

Ilona von Beckfolt hatte eine Literflasche Mineralwasser dabei. Sie reichte sie an Hanjo Dunwaldt. Der ließ Winand Manns Beine zu Boden und bewegte sich langsam auf dessen Kopf zu: »Winand ist unser Azubi im zweiten Lehrjahr. Tüchtig, aber augenblicklich unter Kontrollverlust.« Im nächsten Moment hörten alle hinter der Kabinenwand ein leichtes Kratzen. Sank der Aufzug nach unten?. Wieder verharrten sie zwei Minuten wie Salzsäulen. Zu ihrer Erleichterung hörten sie kein Kratzen mehr. Aber ihre Herzen pochten immer noch wild.

Als erster bewegte sich Hanjo Dunwaldt, so langsam wie möglich. Er flößte seinem Auszubildenden etwas zu trinken ein. Der verschluckte sich, spuckte, hustete und murmelte endlich: »Entschuldigung. Entschuldigen Sie bitte.« Ilona von Beckfolt half ihm, seine Verlegenheit zu überspielen: »Winand, du darfst uns ruhig duzen. Ich wäre dafür, dass wir endlich Krach schlagen und uns melden. Ich muss hier raus, die Enge löst langsam Panik bei mir aus.«

Winand Mann bekrabbelte sich und versuchte aufzustehen. »Langsam! Die Kabine darf nicht abstürzen!«, mahnte ihn Hanjo Dunwaldt. Als Winand Mann endlich stand, nickte er den anderen zu. »Hilfe! HILFE! HILFE«, riefen sie gemeinsam. Nach längerem Rufen warteten sie auf Antworten. Vergeblich. Sie hämmerten – mit aller Vorsicht – SOS … kurz-kurz-kurz-lang-lang-lang-kurz-kurz-kurz … gegen die Wände des Fahrstuhls. Über eine Stunde lang versuchten die vier, sich bemerkbar zu machen. Anfangs warteten sie 15

Sekunden auf Antworten, dann 30 Sekunden, zum Schluss je eine Minute.

Von draußen war nichts zu hören, überhaupt nichts. Das Ausbleiben von Reaktionen begründeten sie zuerst damit, dass die Helfer sich um die Verletzten bemühen mussten, die im Haus oder seiner Umgebung herumlagen. Aber ihre Ungeduld und ihr Unbehagen wuchsen. »Ist der Fahrstuhl schallisoliert?« – »Warum bekommen wir kein Netz?« – »Der Hausmeister müsste doch auf das Drücken des Notknopfes reagieren. Herr Förster ist absolut zuverlässig.« – »Warum hören wir keine Sirenen, keine Sägen, keine Hammerschläge?« – »Da draußen ist es so still wie auf einem Friedhof.« – »Könnte es sein, dass die Bombe hier im Hochaus alle tötete, nur uns nicht? Vielleicht geht die Feuerwehr davon aus, dass es überhaupt keine Überlebenden gibt.« – »Also, meine Frau sucht garantiert schon nach mir. Da draußen gibt es bestimmt auch Menschen, die euch vermissen. Oder etwa nicht?«

14.21 h,
Sophienallee,
Hamburg

Gritt Habber zwängte sich zwischen beiden Betonplatten ins Freie. Sie war viel zu benommen, um auf ihre Umgebung zu achten. Nur der eklige Gestank fiel ihr sofort auf. Es roch nach Hanne. Noch in dieser Minute musste Gritt Habber der fetten Kuh eine Nachricht schicken. Hanne hatte sich in den Ablauf der Sportstunde eingemischt. Dabei gelang es dieser wabbelnden Fettrolle beim Hochsprung nicht einmal, über einen Stumpf zu springen, der auf dem Boden lag. Inhalt der Nachricht an Hanne: »Bitch, morgen bist du tot!«

Gritt Habber würde ihr den Kopf umdrehen, mindestens die Augen auskratzen. Heute Vormittag hatte Frau Brendt die Klasse in Volleyball-Mannschaften eingeteilt. Und trennte dabei die siamesischen Zwillinge der Klasse, Marga Larsen und Gritt Habber. Die schleimige Viper Hanne Breilmann hatte dafür gesorgt. »Frau Brendt, wenn Gritt und Marga in einer Mannschaft sind, haben die anderen keine Chance. Bitte lassen sie die beiden nicht zusammen spielen!«, flüsterte sie der Lehrerin ein.

Die Brendt nickte zustimmend, teilte Marga und Gritt verschiedenen Mannschaften zu. Seit diesem Moment war die Sportstunde für Gritt Habber vergiftet. Marga in der gegnerischen Mannschaft und nicht bei ihr? Das ging nicht! *Das ging gar nicht!* Drei Minuten später meldete sie sich wegen einer Zerrung vom Sport ab. Als sie der Brendt ihre Verletzung vortäuschte, konnte sie voller Wut sogar Tränen fließen lasssen.

Den ganzen Vormittag hatte sie sich auf das Volleyballspiel gefreut! Und dann der Querschuss von Hanne Breilmann! Aber morgen! Morgen war der Tag der Gerechtigkeit. »Ich verwandle sie in die hässlichste Kröte des Universums, und wenn ich von der Schule fliege!« – Nanu? Die Nachricht an die fette Qualle wurde nicht weitergeleitet. Gritt Habber gab sie noch einmal ein. Wieder »Kein Netz«! Was war denn los?

Sie sah sich um. Und staunte. *»Hab ich einen Kevin im Gehirn?«* Wo um alles in der Welt war sie nur? Das war doch nicht die Sophienallee! Vorhin, vor dem Sturm mit seinem Gruseldonner, ging sie durch die Sophienallee. Wo aber steckte sie jetzt? In einem Industriegebiet? Sie stand in Staub. Alles um sie herum war staubig, der Boden, die Luft, der Himmel. »Dass es so viel Staub gibt«, wunderte sie sich. »Man sieht ja keine 40 Meter weit.« Und es roch eklig. So richtig nach Hanne. Diese Schlampine war auch verantwortlich für das Verschwinden der Häuser und das wummernde Krachen des Sturms. Hanne Breilmann hatte sogar die Mobilfunkmasten verschwinden lassen! »Mitten in Hamburg stecke ich in einem Funkloch. Du bekommst die Nachricht trotzdem, Hannehexe! Ich gehe los, bis ich wieder Netz habe.«

In welche Richtung sollte Gritt Habber gehen? Eigentlich wollte sie zu Marga, die in der Eduardstraße wohnte. Ihre Freundin hatte die Englischarbeit kopiert. Auf Frau Eickborn war Verlass. Sie ließ Jahr für Jahr die gleichen Arbeiten schreiben, wechselte immer nur einen Absatz aus. So war bei jeder Klassenarbeit mindestens eine Drei sicher. Aber dafür musste Gritt Habber jetzt die Eduardstraße finden. Wo versteckte die sich in dem Staubgewusel? Gritt schaltete ihr Smartphone aufs GPS-System. Keine Angabe. Ach, ja. das Funkloch! Also, Mund auf und fragen! Sie erblickte aber keinen Menschen. Keinen einzigen Menschen.

Warum fiel ihr das erst jetzt auf? Staub, Staubnebel und Staubwolken minderten die Sichtweite hier im Industriegebiet. Komisch, warum fuhren keine Lkw oder Transporter? Kräne waren auch nicht zu sehen. Zur linken Seite meinte sie einen Lkw zu erkennen. Einen kaputten Lkw. Es sah so aus, als hätte die Zugmaschine kein Dach. Egal, wo ein Lkw war, mussten auch Arbeiter sein. Die konnten ihr dann sagen, wo sie eigentlich war. Erst als sie losgehen wollte, fiel ihr auf, dass der Bürgersteig fehlte. Überhaupt, wo war die Straße? Um Gritt dehnte sich eine glatte Fläche aus, bestehend aus tausenden durcheinander geworfener Brocken und Platten. Über diese hatte sich mit mathematischer Gleichmäßigkeit Müll verteilt. Sie machte Zeitungsblätter aus, hunderte Strohhalme, Reste von Flaschen, Flyer, einen halben, leeren Bilderrahmen, Lotionampullen, die ihren Inhalt gutmütig an

Steine und Rohre verteilt hatten und Pizzateile. Etwas weiter weg lag eine Halloween-Maske. Ein platt geklopftes Gesicht ohne Augen. Dafür aber mit Zähnen, die durch Lippen und Wangen gestanzt waren. Die ekelige Maske wirkte täuschend echt. *»Ich könnte vor Angst einen Pudding jodeln!«* Gritt schüttelte sich, guckte gar nicht weiter hin und versuchte, den Lkw zu erreichen.

Da kam Wind auf und mit ihm ein nächste Wolke stinkenden Hannestaubs. Gritt Habber musste husten. Der Staub kitzelte ihre Nase, geriet auch in ihr Auge. Es brannte etwas. Sie klappte die Augenlider auf und zu. Das Brennen hörte auf. Aber der Staub saß noch in der Nase. Gritt wollte ein Taschentuch aus ihrer Jacke holen und bemerkte, dass ihre Jacke und die Hände sich stumpf anfühlten. Sie sah an sich herunter.

»Das kann doch nicht wahr sein! Wie sehe ich denn aus?« Schuhe, Hose, Jacke, selbst ihre Hände waren von einer feinen Staubschicht überzogen. Sie klopfte Hose und Jacke ab. Aber nur die Häfte des Staubs, der sie sofort in eine kleine Wolke hüllte, ging ab. Sie stolperte drei Schritte weiter, um die Staubwolke zu verlassen. Der Staub musste weg! Gritt Habber schlug ihre Hände gegeneinander. Es war zwecklos. Weggewischter Staub flog kurz hoch, verbündete sich mit dem Staub in der Luft und kehrte zu ihr zurück. Hannestaub.

Gritt überlegte, ob sie sich kurz hinsetzen sollte. Die Luft, die sie einatmen musste, stank. Und die Öde um sie herum! Alles lag platt auf dem Boden. Als hätte eine gigantische Planierraupe die Stadt eingeebnet. Dazu herrschte eine gespenstische Stille. Nicht einmal der Wind war zu hören. Sie schnippste mit den Fingern. Das Geräusch verhallte im Nichts. »Ich werde einen Pudding jodeln!«, sage Gritt so laut wie möglich.

Sie sah sich genau um. Es gab keine Bank und kein Stück Wiese, auf das sie sich setzen konnte. Da drüben lag mitten im Gewusel eine große Platte. Auf dem Weg dorthin musste sie sich sehr konzentrieren, um nicht erneut auf die Nase zu fallen. »Meine Slipper sind für dieses Gelände nicht geeignet. Hätte ich doch meine Sneaker an! Hoffentlich ist die nächste Straße nicht weit.« Sie blickte sich um. »Wo ist eigentlich der Turm der Kirche in der Eimsbütteler Chaussee? Den sieht man doch sonst von hier aus? Hat mich Hanne irgendwo hingehext? Dieser Sturm, das war doch kein normaler Sturm. Das war Hexerei! – Also gut, … da drüben ist wenigstens der Lkw. Dann gehe ich dorthin. Aber zuerst befreie ich wenigstens meine Hände und mein Gesicht vom Staub.«

Gritt leckte ihre linke Hand. Das war ein Fehler. Jetzt klebte Staub an ihrer Zunge und in ihrem Mund. Bitterer Hannegeschmack ließ Gritt Habber schaudern. Sie versuchte, Spucke im Mund zu entwickeln. Damit leckte sie wieder und wieder Gaumen und Zähne ab. Den dünnen, bitteren Brei spuckte sie mehrfach aus. Gritt erinnerte sich an ihren Lippgloss, kramte ihn heraus. Mit ihm ließen sich wenigstens die Lippen befeuchten. Der bittere Geschmack im Mund blieb. Er steckte in den Hannestaubkörnern. Die ließen sich einfach nicht beseitigen. Und in den Mund kam keine Spucke mehr. Gritt Habber war kurz vor einem Heulkrampf. Sie sah sich in dieser ganz fremden Gegend um. »Wo Marga wohl jetzt steckt? Und Mami und Papi?« Einige Tränen flossen. Sie wischte keine ab. Hass, Hexerei und Hanne Breilmann rotierten in ihrem Kopf.

Irgendwann raffte sie sich auf, rauchte eine Zigarette. Ihr Ziel war der Schrott-Lkw. Da musste doch der Fahrer sein. Und die Feuerwehr würde bestimmt auch dahin kommen. Der Albtraum musste ein Ende finden. Bald würde alles wieder normal werden. Die Eltern warteten auf sie, ihr Zimmer und das Fläschen Schnaps hinter den Schulbüchern.

In Gina Adlers Jacke steckte ein Umschlag mit 6.500 Euro. Gleich würde sie beim Autohändler 6.000 Euro für Klabauter zahlen. Klabauter, ihr Viersitzer und ungewollt sogar Viertürer, dessen Enden übersichtlich waren. Zusätzlich meldete er sogar, wenn er einem anderen Wagen oder einer Laterne zu nahe kam. Sonst waren die Amaturen auf wenige Funktionen beschränkt. Blinker, Licht, Heizung, Lüftung, eine Intervallschaltung für die Scheibenwischer, das reichte aus. Mehr Instumente war ihrer Meinung nach überflüssig, ja sogar eine Gefahrenquelle. Magda, die Arbeitskollegin vom Büro nebenan, hatte sich auf ihr Navi konzentriert und fuhr über eine rote Ampel. Crash und Totalschaden. Frau Groot, ihre Chefin, verunglückte, weil sie mit den fünf verschiedenen Einstellungen ihres Scheiben-wischers kämpfte. »Weniger ist immer besser, besonders im Straßenverkehr.« Das war ihre Meinung, das hatte schon ihr Vater gesagt.

Klabauters Nachteil war der unüberhörbare Motor. »Dafür weiß ich immer, wie er sich fühlt.« Nun also trennten sie nur noch 20 Minuten von der Übergabe des Fahrzeugs. Sie trat auf die Straße. Aber da war keine Straße. Nur stinkender Dunst und Schweigen. Ein unnatürliches Schweigen. Der Lärm des Verkehrs fehlte, das Bremsen und Anfahren von Autos. Keine Kinderschreie waren zu hören, kein Hundegebell. Kein Vogel piepste. Sie griff zum Handy, stellte ihren

Lieblingssender ein. Nichts war zu hören. Auch die anderen gespeicherten Sender schwiegen. Alle Sender schwiegen. Der Suchlauf brachte kein einziges Ergebnis. Das war geradezu unteriridisch!

Was war hier nur los? Sie musste sich in einer anderen Welt befinden. *Das hier* war nicht die Schomburgstraße! *Das hier* war eine Steinwüste, umhüllt von nach Essig riechendem Staub. Wo war die vertraute Umgebung? Wegen des dichten Staubs war nichts zu erkennen. Je nach Richtung reichte der Blick nur 20 oder 30 Meter weit. Alles lag flach zu ihren Füßen. Sie sah keine Menschen, Bäume, Busse. Wo war die Sparkasse? Als das komische laute Poltern begann, war sie doch in der Sparkasse gewesen. Sie hatte 6.500 Euro abgehoben. Gina Adler griff in ihre Jackentasche und überprüfte den Inhalt des Umschlags. Sie atmete auf. Das Geld war noch da!

Aber wo war die Sparkasse geblieben? Wo waren die anderen Häuser der Schomburgstraße?

Wie war sie aus der Sparkasse gekommen? Wo war der Ausgang, den sie eben benutzt hatte? Sie ging fünf Schritte zurück. An dieser Stelle hatte sie das Gebäude verlassen. Da war sie sich sicher. Aber der Ausgang hatte gar keine Treppe! Das war ein Loch, ein schräg liegendes Loch. Aus dem war sie vor einer Minute herausgestolpert. Gina Adler geriet jetzt völlig in Verwirrung. Während des dumpfen Getöses hielt sie sich doch *gar nicht* im Keller der Sparkasse auf! Das Geld hatte sie im Schalterraum bekommen. Wie kam sie in den Keller? Verwirrt sah sie auf zerbrochene Bordsteinkanten, Dachziegel, gelbe und graue Steine. Die große Fläche rechts von ihr war mit Glasscherben und Glassplittern überzuckert. Sie wich einen Schritt nach links zurück. Im Steingewusel ringsumher lagen kleine Bruchstücke weißer Platten. Die hatten zur Fassade der Sparkasse gehört. Gina Adler fand endlich ein Faltblatt der Sparkasse. *Wünsche werden wahr – Kredite bis 10.000 Euro – sofort!, las sie.*

Da lag auch eine Speisenkarte. Gina Adler hob sie auf. Das war die Speisenkarte eines China-Restaurants aus Büttenwerder. Sie wunderte sich: »Büttenwerder? Da liegt doch kilometerweit entfernt. Oder bin ich hier in Büttenwerder?« Wenn sie doch wenigstens weiter sehen könnte. Der dichte, staubige Dunst nahm jede Sicht. War er nicht noch dichter geworden? Gina Adler wollte nur noch weg. Weg von diesem unheimlichen Ort, dessen Anblick und dessen Gestank ihre Sinne betäubten.

Was um alles in der Welt war passiert? Es hatte gerumpelt und gebrodelt. Laut, dunkel, unheimlich. Sie musste sich die Ohren zuhalten und wollte aus dem Gebäude fliehen. Alles wackelte. Sie befand sich in einem knackenden Rührwerk.

War sie in die Dreharbeiten für einen Katastrophenfilm geraten? Oder war die Katastrophe echt? Denn Katastrophenfilme kannten keinen stinkenden Dunst. In Actionfilmen explodierten die Farben und die Ereignisse. Stark aussehende Männer und clevere Frauen an ihrer Seite überwanden alle Probleme, retteten Wittwen und Waisen, manchmal auch die ganze Menschheit. Aber hier, in der Schomburgstraße mitten in Altona-Altstadt gab es nur Schweigen, Steinbrocken, Skunkdüfte, Staub und sie, die 24-jährige Gina Adler.

14.29 Uhr,
Hamburg Airport International Helmut Schmidt,
HAM

»Achtung! Notlandung Flug E 35 51 22, European First Airline!

Achtung, Hamburg Airport International Helmut Schmidt, HAM.
Wir befinden uns im Anflugsektor der Start- und Landebahn 15/33. Kein Treibstoff.
Landung erfolgt nach Fuel Dumping.
Bitte Flugfeldlöschfahrzeuge und Rettungskräfte bereitstellen.
Tower Hamburg Airport HAM, bitte bestätigen.

Ich wiederhole.
Hier Copilot Daniel Murray.
Notlandung Flug E 35 51 22, European First Airline.
Hamburg Airport Helmut Schmidt, HAM.
Notlandung auf Landebahn 15/33.
Landung erfolgt ohne Treibstoff.
Bitte bestätigen, Tower HAM.«

»Warum schweigt der Tower?«, fragte Copilot Daniel Murray nervös. »Ob es vorhin ihre komplette Sendeanlage erwischt hat?« – »Das kann nicht sein. Die Kommunikationswege des Flughafens sind doppelt und dreifach ausgelegt.« Die Stimme der Pilotin klang ruhig und sachlich wie immer. Maureen Winter, seit vier Jahren Chefpilotin der European First Airline, nahm sich zwei Sekunden Zeit, ihm ins Gesicht zu sehen. Auch jetzt, in dieser Situation auf Leben und Tod, wirkte sie entspannt und gelassen. Daniel Murray saugte diese Gelassenheit gerne in sich auf. Es war nicht ihr erster gemeinsamer Flug. Die Chemie zwischen ihnen stimmte. Die beiden benötigten für Routineabläufe während der Flüge keinerlei Absprache. »Ich vertraue ihr blind«, betonte er in Kollegenkreisen. Umgekehrt bevorzugte sie ihn gegenüber anderen Piloten. Als Chefpilotin hatte sie das Privileg der Auswahl.

Dem Stimmungsaufheller ihres intensiven und beruhigenden Blicks folgten Analyse und Anweisung: »Aber einiges ist verwirrend.« Maureen Winter tippte auf die beiden Displays der Sprechfunkanlage. Sie blinkten rot. Es gab keinen Empfang. »Erstens brach vorhin zeitgleich die Verbindung zum Flughafen und zur deutschen Flugsicherung ab. Zweitens wird unser Navigationsgerät nicht mehr mit Flugkoordinaten gefüttert.«

»Wenn Hamburg International nicht senden kann … Hoffentlich haben sie uns wenigstens gehört, Captain Winter!« – »Die müssen uns gehört haben. Sie müssen. Wir haben nur diese eine Chance zu landen. Also, ich konzentriere mich aufs Leitwerk. Sie melden mir, wenn der letzte Tropfen Kerosin verbraucht ist und sorgen mit den Störklappen fürs Abbremsen während der Landung.«

An Bord des Flugs E 35 51 22 der European First Airline befanden sich 237 Fluggäste und neun Besatzungsmitglieder. Vor 25 Minuten hatten sie Hamburg Airport zum ersten Mal angeflogen. Wie üblich wurde ihnen die Start- und Landebahn 15/33 zugewiesen. Als sie neunhundert Fuß über dem Boden waren, schnellte dieser ruckartig in die Höhe und sackte gleich darauf ab. Das Ganze wiederholte sich noch zweimal. Der Turm des Towers wackelte.

Chefpilotin Maureen Winter brach den Anflug ab und startete die Maschine durch. In diesen kritischen Sekunden verloren sie den Sprechkontakt zum Fluglotsen. Alle Versuche, mit dem Flughafen HAM wieder in Verbindung zu kommen, scheiterten. Es gab Ausweichflughäfen, Bremen, Kopenhagen, Hannover. Aber welchen sollten sie anfliegen? Die Flugkontrolle Nordeuropa schwieg. Wie in den Anweisungen für Notfälle vorgesehen, blieben sie in der Nähe des nächsten Flughafens, des Hamburg Airport International Helmut Schmidt HAM. Alle Versuche, Anweisungen durch die Flugkontrolle Nordeuropa zu erhalten, waren erfolglos. Nach 20 Minuten reichte ihr Kerosin nur noch für Hamburg Airport International.

Sie meldeten die Notlandung an und hofften, gehört zu werden. Was war da unten nur los? Unterbrochene Funkverbindungen, ausgefallene Navigationsdienste. Chefpilotin Maureen Winter musste auf Sicht fliegen. Das hatte sie noch nie gemacht. Bei 20 Jahren Flugpraxis.

Der Himmel meinte es gut mit ihnen. Denn Norddeutschland lag zwar unter einer geschlossen grau-braun-gelben Wolkendecke, doch exakt über dem Flughafen Hamburg klaffte eine Lücke in der Bewölkung. Beide Landebahnen waren trotz des merkwürdigen Dunstes zu erkennen und auf beiden befand sich kein einziger Flieger. »Captain, unsere Tanks sind komplett leer!«, meldete Daniel Murray. Das Flugzeug schwebte auf die Landebahn 15/33 zu.

Noch eine Minute bis zu Landung. Der Copilot schwitzte. Ein heftiger Windstoß, ein kleines Luftloch und die Landung würde in einer Katastrophe enden. Im Flugzeug herrschte gespenstische Ruhe. Er sah auf die beiden Innen-Monitore, die über den Fluggastraum informierten. Kein einziger Kopf war zu sehen. Selbst die nach dem Sieg ihres Vereins aufgepushten St.-Pauli-Fußballfans saßen brav ganz tief gebeugt hinter den Sitzen ihrer Vorderleute. Sollte er noch eine Durchsage zur Landung machen?

Plötzlich starrte Daniel Murray durch die Cockpitsscheibe. Sein Atem und sein Herz standen still. Captain Winter steuerte die Maschine gar nicht auf die Landebahn zu! »Was tun Sie da?« Maureen Winters rechter Zeigefinger wies auf die Landebahn 15/33. Daniel Murray begriff sofort. Eine Flugminute entfernt hatte die Landebahn noch normal ganz ausgesehen. Aber jetzt, in 300 Fuß Höhe war das unlösbare Problem zu erkennen! Die Landebahn 15/33 verlief zwar immer noch schnurgerade, aber sie bestand aus einem Ozean von Geröll. Asphaltblöcke hatten sich zu Meereswellen geformt. Murray sah auch zwei mächtige Brandungswellen aus Asphalt, bestimmt drei Meter hoch.

Außerdem fehlte der Löschschaum. Der letzte Teil der Landebahn hätte von einem Löschschaumteppich bedeckt sein müssen. Aber davon war weit und breit nichts zu sehen. Überhaupt, wo steckten die Flugfeldlöschfahrzeuge und Rettungswagen?

Copilot Daniel Murray sah zur Chefpilotin Maureen Winter hinüber. Sie konzentrierte sich voll auf den Tanz um Leben und Tod, steuerte mit Tunnelblick den Flieger auf die Wiese parallel zur Landbahn. Die Räder hatte sie wieder eingefahren. Der Boden, egal ob gewellt oder glatt, würde das Flugzeug von unten her wegradieren. Mit ihm 246 Schicksale. »Mr. Murray, alles ok?«, fragte Chefpilotin Maureen Winter aus einer anderen Welt. Automatisch blickte Daniel Murray auf die entscheidenden Anzeigen. Automatisch antwortete er: »Höhe null Fuß. Die Längsachse liegt perfekt, Captain!«

»Yeah, die Airline und die Passagiere erwarten, dass wir unsere Pflicht …« TSCHIIEEHH … Ein helles Pfeifen übertönte den Rest ihres Satzes. Ein derart durchdringendes Geräusch hatte Daniel Murray noch nie gehört. Der Flugzeugboden berührte die Spitzen des hohen Grases. Schnell tauchte E 35 51 22 in die Wiese ein. Helles Schleifen wandelte sich in dumpfes Dröhnen. Die Geschwindigkeit sank rasend schnell. Beide Piloten wurden in ihre Sitzgurte gepresst. Passagiere schrien um ihr Leben. Daniel Murrays Haut riss gleichzeitig an beiden Schultern auf. Er konnte weder Hände noch Füße bewegen. Die Maschine musste den Erdboden berührt haben. Unter ihnen schnarrte und ratschte es. Plötzlich veränderte sich das dumpfe Geräusch.

»Wasser. Die Wiese steht unter Wasser!«, schrie Maureen Winter. Auch sie blutete im Bereich der Schultern. »Der Umkehrschub fehlt! Die Landefläche reicht nie und nimmer!«, brüllte Daniel Murray. »Ich ziehe nach rechts!«, schrie Maureen Winter zurück und bewegte das Steuer leicht nach rechts. Die weiteren Bewegungen konnte sie nicht mehr kontrollieren. Gewaltige Kräfte rissen die beiden Piloten nach links, nach rechts, wieder nach links. Mit jedem Wimpernschlag sahen sie einen anderen Horizont. Das Flugzeug schlitterte, federte und drehte sich über Teich, Wiese und Boden. Es schüttelte sich, schrammte, nickte, zitterte. Die Stromversorung fiel aus. Eine halbe Sekunde später hatten die Notstromaggregate übernommen. Zwei Stunden lang würden sie sie alle wichtigen Funktionen mit Engergie versorgen.

Die Radiergeräusche unten verstummten. Das Flugzeug bewegte sich nicht mehr nach vorn. Aber es kippte langsam, Fuß um Fuß, auf die rechte Seite. Die Flügelspitze berührte den Boden, sank etwas ein. Ein Augenblick Stille. Vor ihnen türmte sich ein Wolkenrund, endlos hoch, grell gelbbraun.

Der Flieger stand! *Er stand und sie lebten!*

Schreie aus dem Passagierraum holten sie ins Hier und Jetzt zurück. Daniel Murray sah auf die Innen-Monitore. Die Gesichter der Passagiere tauchten auf. »Meine Damen und Herren. Hier spricht Copilot Murray. Die Notlandung ist abgeschlossen. Die Evakuierung des Fliegers wird gleich eingeleitet. Bleiben Sie bitte auf Ihren Plätzen sitzen. Schnallen Sie sich ab. Wenn Sie verletzt sind oder Passagiere neben Ihnen, melden Sie das bitte den Crewmitgliedern. Die Rettungskräfte sind schon zu uns unterwegs und werden uns gleich helfen.«

Chefpilotin Maureen Winter drückte den Knopf zur Öffnung aller Passagiertüren und löste auch die Notruschten aus. Sie wies die Crew an, alle Passagiere sitzen zu lassen und zu beruhigen. Dann öffnete sie die Sicherheitsschleuse zum Passagierbereich. »Gott sein Dank«, lächelte sie, »Gott sein Dank.« Daniel Murray strahlte: »Heute werden wir auf You Tube eine Milliarde Klicks erreichen. Und dadurch zu Helden! Bestimmt nahmen zwanzig Leute unsere Landung mit ihren Handys auf. Unsere Karrieren sind gesichert.«

»Warum ist noch nichts von der Feuerwehr zu sehen und zu hören?«, fragte Maureen Winter in seinen Rausch hinein, »Hier steht kein einziges Fahrzeug. Ich sah auch kein Gebäude mehr auf dem Flughafen. Kein einziges. Was ist, wenn unsere Landung nicht das Ende, sondern der Anfang aller Probleme ist?« Maureen Winter sah ihm kurz in die Augen, verließ das Cockpit und eilte nach hinten. Der Copilot sah ihr perplex nach. Wie konnte sie nach ihrer sensationellen Leistung so pessimistisch sein?

»Vielleicht behindert der Rauch unsere Sicht in Richtung Flughafen!«, rief Daniel Murray ihr nach. Rauch? Wieso redete er von Rauch? Er hatte nichts gesehen, aber etwas gerochen. Ein intensiver Duft, der an Grillen und die Pfadfinder-Lagerfeuer der Kindheit erinnerte. *Ein gefährlicher Duft?* Der Copilot sah auf die Innen-Monitore und konnte es nicht fassen. Dichter Qualm. Einzelne Flammen wurden zu vielen Flammen, zu einem Flammenmeer.

»Steigen sie aus. Keine Panik. Benutzten sie sie Notrutschen unbedingt einzeln!«, wies er die Passagiere an. Er hörte schrille Schreie. Schmerzensschreie. Panische Schreie. Von einem Moment zum anderen war auch das Cockpit in dichten Qualm gehüllt, züngelten Flammen zur Tür herein. Hustend bat Daniel Murray über Funk den Tower um Hilfe, Feuerwehr und Krankenwagen.

»E 35 51 22 brennt!« Der Rauch nahm ihm letzte Sicht und letzten Atem. Der Copilot betätigte die Notöffnung des Seitenfensters und hangelte sich nach draußen. Das Ungeheuer von Qualmwolke schien in ihn verfolgen. »Warum habe ich nicht zur Sauerstoffmaske gegriffen?«, ärgerte er sich. Daniel Murray ließ sich nach unten fallen, landete im 30 cm tiefen Morast. Vor ihm stieg dichter Qualm aus dem Flugzeug.

Die Schreie der Menschen. Schrill! Panisch! Copilot Daniel Murray standen die Haare zu Berge. Schrie da nicht Captain Winter? «Captain Winter! Captain Winter! Kommen Sie! Ich helfe Ihnen! Captain Winter!" Sein Verhalten war lächerlich. «Captain Winter! Hier bin ich, Captain Winter!« Da oben war es so laut, niemand hörte ihn. Er konnte auch nicht nach oben, um zu helfen. Denn der rechte Flügel qualmte, einzelne Flammen schossen aus ihm.

Wie es seine Aufgabe war, erkundete Daniel Murray den Zustand des Fliegers. Mechanisch nahm er vieles wahr, aber nichts fand Eingang in sein Gehirn. Was an der Aluminiumhülle noch heil gewesen war, platzte durch die Hitze auf. Alle sechs Notrutschen waren defekt. Menschen fielen einzeln oder in Trauben die Ausstiege hinab. Einige blieben leblos liegen, andere husteten sich ihre Seelen und Lungen aus dem Leib. Drei lebende Fackeln hüpften neben dem Flugzeug, schreiend, sterbend. Der Menschenberg vor dem rechten Flügel erreichte fast die Höhe des Ausstiegs. Er glich einem aktiven Vulkan, Rauch stieg aus ihm empor.

Der Copilot riss sein Smartphone heraus, wählte die europäische Notrufnummer 112 und rief um Hilfe. Erst nach zwei Minuten wurde ihm klar, dass keine Verbindung bestand. »Wozu retteten wir 246 Menschen? Damit sie jetzt jämmerlich ersticken oder verbrennen? Bei lebendigem Leib, bei vollem Bewusstsein? Es gibt keinen Himmel, aber eine Hölle.«

14.35 Uhr,

Fruchtallee,

Hamburg

Das heftige, hell kreischende Rauschen der Brandung schwächte sich ab. Die Wellen bewegten sich in gleichmäßigem, sanftem Takt. Weit entfernt hörte Fiona Sandhoff auch Kinderstimmen, die Stimmen ihrer Kinder. »Mama, Mama, wach bitte auf!« Warum fühlte sich ihre linke Kopfseite so komisch an, so kalt? Sie träumte. Ein unregelmäßiger Strahl Wasser floss auf die linke Schläfe, dann weiter Wange und Kinn hinab auf ihren Hals. Das T-Shirt war pudelnass. Was für ein stupider Traum!

»Mama, mach die Augen auf!«, bettelte der fünfjährige Barnd. »Mama lächelt«, freute sich Berit, ihre Dreijährige. Fiona Sandhoff schüttelte den Kopf. Wasser floss in ihr linkes Ohr. Sie riss die Augen auf und blickte in eine irreale Welt, eine *Albtraumwelt*. Ein verrückter Traum. Die Welt badete in Staub. Die Kleidung und Haare ihrer Kinder, der Boden, die Wände, *alles* steckte unter einer Staubschicht. Auch ihre eigene Kleidung. Staubpartikel beherrschten die Luft. Der Staub klebte sogar in ihrem Mund, in ihren Ohren.

Plötzlich wurden ihre Haare wieder kalt und nass. »Barnd, lass das! Warum gießt du Wasser auf mich?« Sie träumte wieder einmal den reinsten Blödsinn. »Du hast so fest geschlafen, Mama.« War das hier doch kein Traum? Sie fasste Barnds Hand. Unter dem dünnen Handschuh aus Staub fühlte sie

Barnds Puls schlagen. Seine Augen strahlten sie an. Barnd, das Mamakind. Dann war das kein Traum!

»Wo ist Birger?«, fragte sie, sich aufrichtend. Sie vermied es, Barnd und Berit die Frage *»Wo sind wir hier?«* zu stellen. Die Antwort musste furchtbar sein. Was war da passiert? Vorhin? Irgendwie hing es mit einem Mega-Unfall zusammen. Da war ein Lastwagen gewesen! Oder zwei? Und noch ein Linienbus? Sie erinnerte sich nur dunkel, eigentlich gar nicht. Aber durch den Unfall mussten sie vier in einen staubigen Keller geschleudert worden sein. Schließlich kannte sie diese Umgebung hier nicht. Das einzig Vertraute waren Barnd, Berit und Birger.

Die hatten keine Probleme mit der Orientierung. »Wir haben Birger zwischen die Flaschen gelegt«, sagte Barnd, »er liegt da ganz weich.« Ja, da lag Birger, auf seiner Decke, über einem Stapel Mineralwasserflaschen. Und alles war eingestaubt.

Birger schlief. In einem Nest aus Mineralwasserflaschen. Und sie hatte auf dem Schotterbett neben den Flaschen gelegen. Links waren Reste von Regalen mit zerplatzen Mehl- und Zuckertüten, vermischt mit Lampenteilen und Deckenplatten. Gleich über ihr wölbte sich ein Wellblechdach. Ganz aufrecht hinstellen konnte sie sich hier nicht. Birgers Kinderwagen lag halb zerschmettert unter einem Betonklotz. Auch der Einkaufswagen war hin. Das Wellblechdach reichte bis zum Eingang. Von der Glastür war nichts zu sehen. Ein ekliger Geruch drang von der Straße in den Supermarkt.

Supermarkt! Sie waren im *g+g+g+Supermarkt* ! Endlich wurde es klarer im Kopf. Sie hatte gesund+gut+günstig noch Servietten für die Geburtstagsfeier einkaufen wollen. Gleich am Eingang hatte sie bestimmt, dass Barnd den Einkaufswagen für Kinder bis zum Regal mit Salzstangen schieben würde. Diese ganz kleinen Wagen für Kinder eigneten sich gut dazu, Kinder zu beschäftigen. Berit sollte anschließend das Schieben bis zur Kasse übernehmen. Gerade waren die Aufgaben verteilt, da polterten der Linienbus 103 und zwei Lkw durch die Wände und rissen alles um.

Ein Linienbus im Supermarkt? Ja, wirklich! Dieses Gekreische im vollbesetzten Bus. Seltsam, im Bus der Linie 103 hatte sie keinen Menschen gesehen. Aber die Schreie der vielen Fahrgäste klangen jetzt noch in ihren Ohren. Das einzige, was sie gesehen hatte, war die Deckenleuchte, die auf sie zustürzte. Das also hatte die große Beule am Hinterkopf verursacht und zu ihrer Ohnmacht geführt. Ganz klar war ihr Kopf immer noch nicht, es kreiselte an mehreren Stellen.

Der *g+g+g+Supermarkt* war hin. Wenige Geräusche waren zu hören. Wahrscheinlich hatten Polizei und Feuerwehr ihre Sirenen bereits abgestellt. Und kümmerten sich natürlich zuerst um die Verletzten und Toten im Bus. Ihre Kinder und sie kamen erst anschließend an die Reihe. »Hallo, hier sind wir!«, rief sie laut. »Drei Kleinkinder und ihre Mutter, Fiona Sandhoff. Wir haben nur kleine Verletzungen und kommen sofort zur Straße!« Beim Erste-Hilfe-Kurs in Bennets Firma hatten sie besprochen, welche Informationen für die Helfer wichtig sind.

Nachdem sie die Sanitäter informiert hatte, gingen ihr drei Gedanken gleichzeitig durch den Kopf. Erstens hatte Bennet, ihr Mann, heute Geburtstag. Zweitens antwortete seltsamerweise niemand. Ringsum war Stille angesagt. Drittens machte sie für die Versicherung drei Aufnahmen von den Resten des Kinderwagens. Für die letzte Aufnahme stellte sie Berit und Barnd neben Kinderwagen und Betonklotz. So waren die Größenverhältnisse dokumentiert. Die Versicherungen sollten sich nicht herausreden können.

»Kommt, Kinder«, sagte sie und nahm Birger auf den Arm. Der Staub. Furchtbar. »Die Kinder und mich werde ich draußen abklopfen. Hier im Raum hat das keinen Zweck.« Warum schmerzte ihre linke Hand? Auf dem Handrücken war ein blauer Fleck. Vielleicht hatte sie die Deckenleuchte abwehren wollen. Beim Blick aufs Smartphone erschrak sie. »14.45 Uhr! Gleich kommen Oma und Opa mit der U-Bahn. Die dürfen wir nicht waren lassen!« Ihre Eltern setzten Unpünktlichkeit mit Lieblosigkeit gleich. Irgendwie ging es nicht in ihre Schädel, dass sie damals nur ein Kind hatten, ihre Tochter Fiona aber gegenwärtig gleich drei Zwerge. Drei liebe und zugleich garstige, kleine Kinder, von denen das jüngste noch nicht einmal sprach. Würden sie rechtzeitig bei ihren Eltern am U-Bahnhof sein?

Musste sie nicht erst melden, dass sie zum Zeitpunkt des Unglücks im Supermarkt gewesen waren? Als Betroffene, als Zeugen? Die zwei Flaschen Mineralwasser, mit denen Barnd sie überschüttet hatte, musste sie sofort bezahlen. Selbstverständlich auch die beiden Halbliterflaschen, die sie in Barnds Kinderrucksack gepackt hatte. Noch heute musste der Kinderarzt die Kleinen auf Verletzungen untersuchen. Der Gang zum Arzt wäre gleich eine Aufgabe für ihre Eltern. »Kinder, Dr. Jensen muss euch nach diesem besonderen Unfall untersuchen. Die Großeltern bringen euch zu ihm!« Dr. Jensen kannte ihre Eltern schon. Und sie selbst besorgte zur gleichen Zeit die Servietten. Oder wäre es umkehrt besser? Was machte es für einen Eindruck, wenn eine Mutter ihre Kinder mit den Großeltern zum Arzt schickte, um in Ruhe Servietten zu kaufen?

Schickte sie aber ihre Eltern in den Supermarkt, holten diese weiße Servietten. Das Weiß zerstörte dann die auf sonnengelb abgestimmte Geburtstagsdeko für Bennet. Weiße

Servietten! Für ihre Eltern gab es *nur* weiße Servietten. »Alles andere ist nicht seriös!« Das Thema war durch. Diskussion zwecklos.

Bevor die Entscheidung zwischen Arzt und Servietten endgültig gefällt werden konnte, galt es, die Großeltern pünktlich abholen. Absolut pünktlich! Sie quetschte sich aus dem Supermarkt und schlug die Hände vors Gesicht. »Das ist nicht wahr! Das ist nicht möglich!« Berit lief in sie hinein und sah zu erstaunt ihr hoch. Was war denn los? Fiona Sandhoffs Gesicht war kalkweiß. Sie schwankte und griff nach Berit.

Wo waren die Kranken- und Feuerwehrwagen? Wo war die Polizei? Wo waren die Bushaltstelle und der Imbisswagen vor dem *g+g+g+Supermarkt*? Wo waren die Menschen? Wo die Häuser auf der Gegenseite? Wo die Fruchtallee? Wo um alles in der Welt war der Supermarkt geblieben? Nur das einen Meter hochragende Stück Wellblechdach erinnete an seinen Eingang. »Das muss ein Traum sein. Dabei inhaliere ich seit der ersten Schwangerschaft keinen Stoff mehr!«, flüsterte sie. Ihr Kopf rebellierte gegen die Botschaften, die seine Sinne aufnahmen.

Ihre beiden großen Zwerge faszinierte die neue Umwelt. Berit zeigte auf einen Gegenstand links und fragte: »Da ist ein Arm! Wo ist denn der Mensch dazu?« – »Bleib hier!« Fiona Sandhoff stolperte über den zerfetzten Untergrund . Berit hatte Recht. Das war wirklich ein nackter Arm. Der Hand fehlten die Finger. Nur der Daumen war da. Das andere Ende des Arms sah aus wie das Gelenk eines übergroßen Hühnerknochens. »Dass unsere Knochen denen der Tiere so gleichen, hätte ich nie gedacht!« Wo war das Blut? Sie berührte den Handteller und ließ die eiskalte Haut sofort wieder los. »Das sind die Reste einer großen Puppe, die für den Supermarkt warb«, log sie, »Die Puppe ist ganz kaputt. Wir müssen jetzt ganz schnell zur U-Bahn! Die Großeltern warten bestimmt schon!« Sie riss die Kinder mit. Um den Staub kümmerte sie sich nicht mehr. Der war einfach überall.

Die Kinder folgten ihr ohne Diskussion. Vaters Eltern waren bei Verspätungen großzügig, Mutters Eltern durften sie nie warten lassen. Diese Spielregel war ihnen bewusst. Fiona Sandhoff tippte ins Smartphone *Bennet* ein und redete sofort los. »Du, Bennet, wir sind in der Fruchtallee. Mit uns ist alles in Ordnung. Obwohl wir im Supermarkt waren, als er einstürzte. Ein Benzinlaster wird explodiert sein. Aber wir sind heil. Berit hat einen blauen Fleck am Arm, Barnd eine Schramme am Hals, bei Birger ist nichts zu sehen und ich habe eine Beule am Kopf. Das sieht ziemlich blöd aus. Der einzige Schaden ist der Kinderwagen. Auf den fiel ein Teil der Wand. Für die Versicherung habe ich alles fotografiert. Was meinst du, wird unsere Versicherung zahlen oder die Versicherung des *g+g+g+Suppermarkts*? Hier in der Fruchtallee herrscht das absolute Chaos. Die Kinder und ich holen die Eltern von der U-Bahn ab. Die haben eine tolle Geburtstags-Überraschung für dich. – Vorsicht, Barnd! Kletter nicht auf den großen Brocken! Oben ragen ja Nägel raus! Bleib unten! -

Wie gut, dass dein Heimweg nicht über die Fruchtallee führt. Durch diese Supermarkt-Geschichte sieht hier alles ramponiert aus. Du bist doch um 17 Uhr bei uns zu Hause? Bennet?«

Fiona Sandhoff sah aufs Display. *Dienst leider nicht möglich.* Was war denn das? Sie tippte erneut Bennet ein. *Kein Netz.* »So ein Blödsinn!« Zwei-, dreimal wiederholte sie den Versuch. Inzwischen mussten sie kurz vor der U-Bahn-Station Christuskirche sein. Barnd fragte: »Wo ist denn die Treppe?« Fiona Sandhoff hatte sich aufs Telefonieren konzentriert. Auf Bennets Geburtstag. Was würde Bennet beim Anblick der teuren Bohrmaschine sagen? Sparsam, wie er war, hatte sich nur den kleineren Bohrer vom Discounter gewünscht. Aber sie hatte sich das Geld abgespart, hatte auf Kinobesuche und zweimal Pizzaessen mit Dorett verzichtet und ihm die größere Bohrmaschine besorgt. Bennet war ein guter Handwerker und sie war stolz auf ihn. Das musste sie ihm zeigen. Ihre Eltern würden ihm heute drei brandneue Bohrer-Sätze schenken, je einen für Stein, Holz und Metall. Fiona freute sich wie ein Kind auf Bennets Reaktion, das Leuchten in seinen Augen.

»Mama, wo sind die Treppen zur U-Bahn?«, fragte Barnd erneut. Erst jetzt sah sich seine Mutter richtig um. »Sind wir hier richtig?«, fragte sie. Nicht nur die Treppen waren verschwunden. Wo waren die Hinweise auf die U-Bahn und ihren Eingang? Alles war platt, wie die Küste bei Ebbe. So weit konnte man doch sonst nie sehen. Nach vorn sah sie bestimmt über hundert Meter weit. Das konnte nicht sein. Hier an der U-Bahn-Station trafen sich sechs Straßen. Wo waren die geblieben? Und die Autos? Die Menschen? Wo war die U-Bahn? »Die Treppe muss woanders sein, Kinder. Wir suchen die Ecke mal ab!«

Außer Steinbrocken und Abfall fanden sie erstens einen toten Hund – Sie musste Berit und Barnd versprechen, dass sie den Hund morgen begraben würden. Morgen! *Nach* Vatis Geburtstag!« – , zweitens eine halbe Autotür, drittens ein ständig piepsendes Handy – »Nein, Barnd, das nimmst du nicht mit. Die Besitzerin kommt gleich und holt es sich.« – und viertens ein metertiefes Loch, in dem ein verformter Kopf steckte. Die Haare waren voller Blut. »Das ist eine Theatermaske«, log sie, während sie das Entsetzen packte. Sie hatte den Toten erkannt.

Es war Herr Oskay aus dem Libanon, der zwei Häuser

weiter wohnte und großzügig Pakete für die arbeitenden Nachbarn annahm. Ob heute noch ein Paket für Bennet eingetroffen war? Seine Schwester Alice wollte ihm doch ein Päckchen schicken mit Nägeln, Schrauben und Dübeln …

»Die Station ist zu. Wir müssen zur Station Emilienstraße gehen.« – »Das ist viel zu weit, Mama. Lass uns den Bus nehmen.« – »Gut, wir warten zehn Minuten auf den Bus. Wenn der nicht kommt, gehen wir aber!« – »Kaufst du mir ein Eis?« – »Die Eisdiele hat zu, Barnd.« – »Die Eisdiele ist nicht mehr da, Mama. Wo sind die roten Häuser? Ich wusste gar nicht, das Häuser weglaufen können.« – »Bis du dumm, Berit. Häuser werden von Kränen auf große

Lastwagen gesetzt und dann weggefahren. Das stimmt doch, Mama?« – »Ja, Barnd. Spielt ihr mal etwas? Ich muss Birger Milch geben.«

Fiona Sandhoff legte Birger an die rechte Brustwarze. Der Kleine trank selig und zufrieden. Birger war das ruhigste ihrer drei Kinder. Er wusste, dass er immer zu seinem Recht kommen würde. Lange geschrien hatte er nur einmal, als er aus dem Kinderwagen gefallen war. Auch in diesem Moment, in dieser stinkenden und staubigen Umwelt, störte er sich nicht daran, dass ihr Herz wild pochte. In ihrem Kopf jagten sich die hinrissigsten Gedanken.

Was war heute nur los? Wo waren ihre Eltern? War auch die unterirdische Station eingestürzt oder sogar die ganze U-Bahn-Röhre? Hoffentlich konnte die U-Bahn der Eltern noch bis zur Emilienstraße weiterfahren. Hatte der Lkw nur Benzin geladen? Oder richtigen Sprengstoff? TNT oder so etwas? Konnte seine Explosion überhaupt einen so riesigen Schaden anrichten? Und dreihundert Meter weit alles wegbügeln?

Birger saugte unbekümmert an ihrer Brust. »Der weiß, dass

er sich auf uns verlassen kann«, meinte Bennet zu Birgers passiv-fröhlichem Verhalten. Sie dagegen war unsicher. Birger zeigte selten Neugierde und bis aufs Essen kaum Aktivitäten. Konnte er während der Geburt zu wenig Sauerstoff bekommen haben? Beim nächsten Termin würde sie mit Dr. Jensen über Birgers Passivität sprechen müssen. Und anschließend mit Bennet. Bennet! Sie brauchte Bennet. Wenn Birger satt war, würde sie noch einmal versuchen, ihn zu erreichen. Warum waren alle Läden weg? Wäre alles normal, könnte sie in ein Geschäft gehen und fragen, ob sie mal telefonieren dürfe. Das Handynetz musste jetzt überlastet sein. Jeder wollte wissen, wie es seinen Liebsten ging. Handynetze fielen manchmal aus, aber Telefonieren klappte doch immer.

Fiona Sandhoff zitterte. Die Kälte kam von innen. Ein Eisklumpen wuchs in ihrem Kopf. Gruselig. Alles war anders. Und verkehrt. Sie war allein. Allein mit ihrer Verantwortung für ihre drei kleinen Kinder. Birger sah sie erstaunt an und saugte dann weiter. Seine Welt war in Ordnung. Aber ihr gelang es nicht, diese ganz neuen und ungewöhnlichen Informationen zu sortieren. Der Kopf von Herrn Oskay … da unten von den Steinen zerquetscht. Und der Arm mit der Hand ohne Finger? Das Gelenk – grauenhaft! – Dieses Gewitter!? *Genau!* Der Explosion folgte ein Gewitter. Sie hatte es durch ihre Ohnmacht nicht mitbekommen … Aber das entsetzliche Donnern. Das hatte sie durch alle Nacht in ihrem Kopf gehört! Das Unwetter musste höllisch gewesen sein. Hier war alles kaputt. *Wirklich alles!* Und menschenleer. Wo waren die Spaziergänger, die Geschäftsleute, die Taxis, die vor zwei Wochen neu eingepflanzten kleinen Bäume?

Ihr Kopf wummerte. Die kleinen Kreisel verbanden sich zu einem großen. Was alles war unter dieser riesigen Fläche aus Steinklumpen und Staub begraben? Saß sie auf einem Leichentuch, das 50 Menschen begrub? Oder 300? War Eimsbüttel zum Friedhof mutiert? Sie zitterte am ganzen Körper. Und fror. Diese Kette des Grauens. Berit und Barnd kamen: »Wir müssen zur Toilette! Mama, weinst du?«

»Ach, wo! Ich freue mich, weil Papa Geburtstag hat. Ihr seht, es gibt hier keine Toiletten. Geht hinter einen großen Stein.« – »Aber ich muss groß, Mami!« – »Zieh die Hose runter, Barnd und hock dich hin.« – »Aber dann falle ich doch um, Mami!« – »Muss ich mitkommen?« – »Ja!«

Fiona Sandhoff war verblüfft. Barnd war doch in der »Ich-kann-und-mache-alles-selbst!«-Phase. Nun erwartete er ihre Hilfe? Also fand auch er die Lage nicht okay. Sie ging mit ihm zum nächsten großen Betonbrocken. »Zieh die Hosen runter, hock dich hin. – Hier ist niemand außer uns.- Ich halte dich an der Schulter fest.« Komisch, wenn hier die Häuser auf der linken Seite weg waren, dann müsste doch das *Neue Flora Theater* sehen. War dort auch alles eingekracht? Über einen Kilometer von der Fruchtallee entfernt? Durch die Explosion des Lkws im Supermarkt? Was war das nur für ein Gewitter?

Bennet. Er arbeitete im dritten Stock der Verwaltung. »Aber in der Speicherstadt!«, beruhigte sie sich. Berit kam: »Beeil dich, Barnd! Wir müssen die Großeltern abholen.« Berit hatte Recht. Zuerst die Eltern, an der Station Emilienstraße. Dann mit Bennet telefonieren. Wenn Telefonieren nicht klappt? Ihr Vater könnte ja nach Bennet sehen. Als Rentner hatte er eine Karte für alle öffentlichen Verkehrsmittel.

Über die Steinhaufen machten sie sich auf den Weg zur U-Bahn-Station Emilienstraße. Und sie könnten für den Rückweg die U-Bahn benutzen. Nein, das ging nicht. Der Ausgang der Station Christuskirche war doch verschüttet. Also müssten sie zu Fuß bis nach Hause gehen.

»Wo ist der Adlerkäfig?«, fragte Barnd. Adlerkäfig, so nannten sie das mehrstöckige Haus mit der Glasfassade neben der U-Bahnstation Emilienstraße. »Müssen wir noch so weit bergsteigen? Bis zum Platz, wo der Adlerkäfig stand?« Bergsteigen? Na ja, aus Barnds und Berits Perspektive war dieser Weg eine Klettertour. Fiona Sandhoffs Arme wurden unter Birgers Gewicht auch immer länger. »Nein, Barnd, die Kräne haben auch den Adlerkäfig weggebracht!« – »Wo sind die hin? Nach Bremen?« – »Nein, nach Cuxhaven!« Berit schrie: »Nein, an mein Meer dürfen keine Häuser mehr gestellt werden!« – »Bestimmt nicht, Berit. Zuerst kommt das Meer, dann Cuxhaven und weit dahinter der Adlerkäfig und die Häuser aus der Fruchtallee.« Berit nickte und war zufrieden. Ihr Gesicht war verstaubt, auch die von Barnd und Birger. Überhaupt, sie müssten sich gleich abklopfen, bevor sie sich bei den Großeltern sehen ließen.

Während sie sich an die Emilienstraße heranarbeiteten, bemerkte Fiona Sandhoff bestürzt, dass es hier genau so aussah wie beim Supermarkt und der U-Bahn-Station Christuskirche. Eine Ebene von Steinschutt, eine staubgepuderte Wattlandschaft. Keine Gebäude. Dort, wo die beiden Tankstellen stehen mussten, war dunkler Staub und eine winzige graue Rauchfahne. Nirgendwo Menschen. Da vorn lagen große Äste. Berit und Barnd pflückten mehrere große Kastanienblätter ab. »Die schenken wir Papa!«

Kurz darauf liefen sie an einem zerknitterten Schild vorbei. Darauf, kaum erkennbar, das U-Bahn-Zeichen. Die Kleinen liefen achtlos vorbei. Sie rief die beiden zurück. »Die Kranführer

haben den Eingang der U-Bahn versteckt. Wir müssen ihn hier suchen.Da ist das Hinweis-Schild.« Sie setzte sich und legte Birger auf einen Betonklotz. »Barnd, gibst du mir mal die Flasche aus deinem Hort-Rucksack? Und steckst du unsere Blätter für Papa in den Rucksack?« Wie gut, dass sie die kleinen Mineralwasserflaschen mitgenommen hatten. Sie gab Berit und Barnd etwas zu trinken. Auf dem Rückweg durfte sie die goldgelben Servietten nicht vergessen. Bennet! Sie musste ihn anrufen. »Funkloch. An der Emilienstraße ein Funkloch! Nie und nimmer!« Sie lachte. Dann sicherte sie Birger mit Steinen ab. So konnte er nicht vom Betonblock fallen.

Mit Barnd und Berit suchte sie den Eingang der U-Bahn-Station. Unten gab es zwei öffentliche Fernsprecher. Mit Bennet telefonieren. Das war Fiona Sandhoff jetzt noch wichtiger als ihre Eltern. Systematisch zog sie mit den Kleinen immer größere Kreise um Birger. Sie fanden einen zerquetschten Fahrkartenautomaten. Hier musste die U-Bahn sein. Die drei räumten einen Haufen Steine beiseite, wurden dabei schmutziger als Maurer, die in eine Kiesgrube gefallen waren. Doch der dritten Steinschicht folgte die vierte. Es war zwecklos. Berit und Barnd hatten zwischendurch immer wieder »Opa! Oma!« gerufen. Einmal meinten sie, eine Antwort zu hören. Aber nicht von der U-Bahn her, sondern von der entgegengesetzten Seite. »Das war Birger!«, meinte Barnd. Aber Birger lachte sie nur an. Auf ihr weiteres Rufen antwortete niemand mehr.

»Kinder, wir gehen nach Hause und warten dort auf die Großeltern und Papa!«.- »Ich habe Hunger!«, klagte Berit. In Barnds Rucksack war noch ein Apfel. Barnd dachte inzwischen ganz angestrengt nach: »Mama, hier ist alles weg. Am Supermarkt ist alles weg. Haben die Kräne dann auch unser Nossenhaus mitgenommen? Mit unserer ganzen Wohnung?« Das Wort *Wohngenossenschaftshaus* konnte Barnd noch nicht aussprechen.

Die Wohnung! Auch sie konnte … Was, wenn Barnd recht

hatte? Daran hatte sie bisher überhaupt nicht gedacht. Fiona Sandhoff wollte ihre Kinder beruhigen und sagen: »Nein, Barnd! Dazu ist unsere Wohnung viel zu schwer.« Aber in ihrem Kopf drehte sich plötzlich ein Mühlrad. Ein zweites Mühlrad kam hinzu, wurde immer größer. Langsam sank sie zur Seite, flüsterte: »Ben …« und verlor ihr Bewusstsein.

14.36 Uhr,
B 5,
westlich Geesthacht

Timo Stulz griff zum Hammer unter seinem Sitz und zerschlug die Scheibe der Fahrertür. Als Prepper hatte er sich auf alles vorbreitet. Irgendwann musste die Katastrophe ja eintreten. Der Zusammenbruch, das totale Aus der Zivilisation. Keine Straßen mehr, kein fließendes Wasser und keine Elektrizität. Keine Feuerwehr, keine Polizei, keine Krankenhäuser, kein Staat. Darauf hatten er und seine Gruppe *Aus-Alt-wird-Neu* sich vorbereitet. Die Pepper, sie präparierten sich; das englische *to preper* bedeutet: sich vorbereiten; sich einstellen auf mögliche Katastrophen. Wie den Zusammenbruch der Stromversorgung oder den Ausfall der digitalen Netze. Drei Tage komplett ohne Elektrizität oder ohne Internet, das überlebt kein Staat und keine Gesellschaft.

Nachbar Schnokmann lachte über diese Wahrheit und lästerte. Kollege Gerdsen kaufte sich immerhin eine komplette Werkzeugkiste und legte einen Wochenvorrat im Keller an. Die stumpfen Kommentare seiner Nachbarn waren ihm egal. Er würde das Aus überstehen, war perfekt vorbereitet auf ein Leben ohne Wasser- und Energieversorgung, ohne Supermärkte und Kommunikationssysteme. 99 Prozent seiner Mitmenschen würden beim Zusammenbruch aller Infrastrukturen krepieren, in einem Mix aus Durst, Hunger, fehlenden Informationen, Chaos und Gewalt. Das beste, was ihnen passieren konnte, war ein schneller Tod.

Das Schlimmste an der Katastrophe war ihr Zeitpunkt. Ausgerechnet heute! In der *Aus-Alt-wird-Neu-Gruppe* hatten sie oft genug darüber ihre Witze gemacht. *Wann kommt der Super-GAU?* Wenn du auf der Toilette sitzt. Oder wegen deiner Geburtstagsparty 20 Gäste vor der Tür stehen. Oder du kein Bier mehr im Keller hast. *Und wann passierte es tatsächlich? Ausgerechnet heute!* Heute um 17.30 Uhr war *Pharaos* Termin beim Tierarzt. Die Spritze gegen Würmer war fällig, heute! Vor vier Monaten hatten sie den Termin vereinbart.

Den nächsten Termin könnte ihm Dr. Dach bestimmt erst in einem halben Jahr geben. Den nächsten Termin? »Es wird keinen nächsten Termin mehr geben. Die Tierarztpraxis ist hin. Es werden keine Impfstoffe mehr herstellt. Und keine Spritzen. Außerdem gibt es keine Straßen mehr, über die Seren gegen Würmer nach Geesthacht transportiert werden könnten. 1. Juli. Der Beginn eines neuen Zeitalters.«

Auslöser der Katastrophe musste ein Erdbeben gewesen sein. Aber irgendwie passte das nicht, ein Erdbeben hier in Norddeutschland. Vor allen Dingen so ein heftiges. Das musste auf der Richterskala bei neun gelegen haben. Bei ihren Preppertreffen sprachen sie vom Überlebensstrategien bei Richter sieben oder acht. Da gab es noch Chancen. Aber Erdbeben bei Richter neun? Vielleicht hatten die Amerikaner doch heimlich Nuklearwaffen in Nähe der alten Staatsgrenzen gebunkert? Oder die Russen damals in der DDR?

Jedenfalls hatte sich die Schnellstraße aus dem Nichts plötzlich nach oben und wieder nach unten bewegt. Er bremste den Wagen brutal ab. Zwei Wagen schossen an ihm vorbei, in das kellertiefe Loch hinein, das in der Straße entstanden war. Dann flog sein Wagen in die Höhe. So wie zehn andere Wagen. Der Laster auf der Gegenspur flog genau so hoch wie die Pkws. Auch Bäume lernten das Fliegen. Sein Wagen geriet während des Auf und Ab in eine mächtige Buche. Das war seine Rettung. Denn die Äste und Zweige schirmten fast alle Stein- und Erdbrocken ab, die nun um sie herum schwebten, allerdings in ihrem ganz eigenen Rhythmus. Die Achterbahnfahrt endete abrupt. Der Baumstamm zertrümmerte das hintere Wagendach, machte sich daran, dem Wagen das Genick zu brechen und ihn zu teilen. Der mörderische Krach raubte Timo Stulz einige Sekunden lang die Sinne. Danach hatte er das Gefühl, seine Augen würden aus den Höhlen gerissen.

Er drückte mit seinen Händen gegen die Augen. Ruhe kehrte ein und ungewohnte, absolute Stille. Mit dieser Stille konnte er wieder etwas hören. Er bewegte sich, tastete sich ab. Der Beginn der Katastrophe war wohl heil überstanden. Die Bilanz waren ein paar blaue Flecken an den Knien und an der linken Schuler. Der Wagen war Schrott. Der Baum hatte ihn auf der Beifahrerseite zusammengequetscht. Wäre Henno mitgekommen, wie es geplant war, befände sich seine Leiche auf dem Beifahrersitz, zusammengestaucht auf die Größe eines Bierkastens. Auch auf der Rückbank hätten keine Beifahrer überlebt. Um die Reste des Wagens zu verlassen, musste Timo Stulz jetzt mit dem Hammer eine Scheibe einschlagen. Die Fahrertür ließ sich nicht mehr öffnen.

Kaum war die Scheibe der Fahrertür zerschlagen, drang jede Menge Staub in die Kabine. Er hatte das vorausgesehen und das T-Shirt über seinen Kopf gestülpt. Wegen gefährlicher Glasreste wischte er die Unterkante des Fensters der

Fahrertür mit dem Schuh ab. Aus dem Fach unter seinem Sitz zog der den kleinen Rucksack heraus und warf ihn nach draußen. Timo Stulz legte das ausgezogene T-Shirt über die Unterkante des Autofensters, kletterte hinaus und schlug das T-Shirt gründlich aus, bevor er es wieder anzog. Der Wind hatte eine Unmenge Erde aufgewirbelt. Ein Bauer musste gleich auf dem Feld neben der Straße Gülle ausgefahren haben.

»Ihr könnt euch das Grinsen sparen, Leute. Ich bin unverletzt! Wie geht es euch?« Timo Stulz sah sich um. Niemand war zu sehen. Das erstaunte ihn. Aber schlimmer war, dass sein normaler Prepper-Rucksack hinten im eingeklemmten Kofferraum lag. Der Rucksack, der sein Überleben nach jeder Art von Katstrophe sicherte. Vor einem Jahr kam ihm die intuitive Idee, zusätzlich einen kleinen Rucksack zu packen. Heute, am Nachmittag des 1. Juli, wurden der kleine Rucksack und sein weniger Inhalt zum Fundament seines Überlebens.

Wie weit war es bis nach Hause? Acht Kilometer. Kein Problem. Er musste nur über die Elbe kommen. In welcher Richtung musste er gehen? Alles sah anders aus. Vom Verlauf der B 5 war nichts mehr zu erkennen. Wie spät war es gewesen? Kurz nach 14 Uhr. Dann konnte er sich jetzt einfach in Richtung Sonne halten, um sein Haus zu erreichen. Sein Haus mit allem Material, dass er zum Leben ohne Zivilisation benötigte. Die Sonne steckte zwar hinter einem grauen Wolkenhimmel. Aber die *Aus-Alt-wird-Neu-Gruppe* hatte trainiert, auch bei geringen Unterschieden der Helligkeit den Sonnenstand zu ermitteln.

Timo Stulz rüttelte noch einmal am Kofferraum seines Wagens. Die zerschmetterte Klappe ließ sich um keinen Millimeter bewegen. »Welche Ironie! Die Sägen, die ich benötige, um den Kofferraum zu öffnen oder den Baum zu zersägen, liegen einen halben Meter von mir entfernt im Prepper-Rucksack. Das ist ein Beweis für die Richtigkeit der Regel Nummer eins unserer *Aus-Alt-wird-Neu-Gruppe* : Es kommt immer noch schlimmer.«

14.38 h,

Haubachstraße,

Hamburg

Marina Rofting erhob sich benommen. Wo war Heidrun? Ihre Kollegin Heidrun Schmelki? Sie hatten sich aneinandergeklammert. Ganz fest, während des Getöses. Sie schwebten. Sie fielen. Sie schrien. Sie lasen gegenseitig das Entsetzen in ihren Augen. Gerade noch spürte sie sogar Heidruns Büstenhalter und ihren Slip. In ihrer Panik verschmolzen sie miteinander. Das war noch keine Minute her. Wo war Heidrun jetzt? Warum war sie nicht mehr da? Heidrun nahm alles so locker. Vermutlich würde sie auch jetzt sagen: »Ob ich nun neben dir stehe oder nicht. Deshalb wird in London kein Fenster geöffnet.«

Marina Roftings Dienstjacke war am linken Unterarm zerfetzt, rechts sogar bis zur Schulter in einzelne Streifen gerissen. Arme und Hände waren von roten, gelben, blauen Flecken übersät. Der rechte Handrücken blutete. »Heidrun!«, rief sie, während sie ein Stofftaschentuch um ihre rechte Hand wickelte, »Heidrun, wo bist du?« Die Stille und der Staub schluckten jede Antwort. Sie versuchte sich zu orientieren. Die feine Staubwolke trübte den Blick. Der Horizont ließ sich nur erahnen.

Glatt und platt. Rings um Heidrun Rofting war alles platt.

Gerade noch patroullierten Heidrun und sie durch die Haubachstraße mit vierstöckigen Häusern, nun stand sie mitten in einer flachen Pampa, einer Müllhaldenpampa. Alle Arten von Bauschutt waren abgelagert. Außerdem Papier oder Textilfetzen, an zwei Stellen qualmte tiefgrauer Rauch. »Heidrun, melde dich!« Marina Rofting griff zu ihrem Sprechfunkgerät, schaltete es ein. Die gelbe Kontrolllampe leuchtete, das Gerät funktionierte. »Hallo, Nobis 24.1, hier Nobis 24.2. Bitte melden. Ende.«

Keine Antwort. Sie wiederholte die Aufforderung. Heidrun gab noch immer keine Antwort. »Also muss ich es sofort der Zentrale melden.« Sie schaltete von Partner- auf Dienstfrequenz.

»Hallo, Zentrale Altona. Hier Nobis 24.2. Wir sind während der Fußstreife in der Haubachstraße in eine Abfolge von Explosionen geraten, mindestens neun Stück. Habe Kontakt zu Nobis 24.1 verloren. Um mich herum liegt alles in Trümmern. Hier befinden sich zwei Brandnester mittlerer Stärke. Bitte schickt die Feuerwehr und das THW. Was soll ich als erstes tun?« Die Zentrale Altona schwieg. Marina Rofting wiederholte ihre Meldung. Warum schwieg die Zentrale noch immer? Überhaupt, das übliche schwache Rauschen des Sprechfunks war nicht zu hören.

»Bin ich wirklich noch in der Haubachstraße?« Sie schaltete das Gerät um auf Positionsangabe. Das Display zeigte das blaue Feld, aber keine Karte und keine Koordinaten.

War sie nicht mehr in Hamburg? Aber das Gerät musste doch für jeden Ort Europas die Karte und die Koordinaten anzeigen. Schließlich wurde es EU-weit eingesetzt. Sie schaltete zurück in die Partnerfrequenz, rief Heidrun. Keine Antwort. Auch die Zentrale schwieg beim zweiten Anfunken, und die Positionsangabe versagte wieder ihren Dienst.

Ein langer Schrei beendete die unwirkliche Stille um sie herum. Grelle Töne klangen in ihren Ohren. Aber das war doch Heidrun, die da schrie! Dass musste Heidrun sein! Endlich!! Allerdings konnte Heidrun mit ihrer Alt-Stimme niemals so schrille Töne erreichen. Oder doch? Nach diesem unmöglichen Feuerwerk war alles möglich. Marina Rofting eilte so schnell sie konnte zu ihrer Kollegin. Die Strecke war holprig und gemein. »Heidrun! Ich bin gleich bei dir!«

Dann ertönten die Schreie hinter ihr. Marina Rofting machte verwirrt kehrt. Wo war Heidrun? Wie konnte sie ihre Kollegin übersehen? Sie ging langsam zurück. Plötzlich hörte sie Rufe direkt von unten her. »Bist du das, Heidrun?« Sie packte mehrere Steinbrocken und legte sie beiseite. Dort unten lag Heidrun. »Heidrun?« Nein, das war sie nicht. Da lag eine junge Frau, dunkelhaarig, und nicht blond wie Heidrun und höchstens 25 Jahre alt. In über einem Meter Tiefe, den blutenden Kopf zwischen zwei Steine geklemmt, Hals und Schultern lagen frei. Ab dem Oberkörper verschwand die Frau unter dem Berg von Steinen. Sie schrie wie eine Schwangere bei der Geburt. »Ich hole Hilfe! Alles wird gut!«, rief Marina Rofting.

Sie wählte die Notfrequenz, um sofort die Feuerwehr zu informieren. Keine Antwort. Sie meldete sich bei der Zentrale. Keine Antwort. Sie schaltete auf die Partnerfrequenz, um Heidrun zu erreichen. Keine Antwort.

Während der Funkrufe musste sie immer weiter weg gehen. Die eingeklemmte Frau brüllte immer lauter. Wieder eilte sie zu ihr. Die Schreie verstummten. Die Eingeklemmte war kurz ohnmächtig geworden. Als sie die Augen aufschlug, sagte Marina: »Hilfe kommt gleich!«

Von unten kam die gelallte Antwort: »Schch..merr..

zzn.« – »Die Feuerwehr ist sofort da! Geduld! Ich heiße Marina Rof_ing. Wie heißen Sie?«

»*Aahh!*!« Die Eingeklemmte war nicht in der Lage, ihren Namen zu nennen. Marina Rofting hielt sich die Ohren zu. Vergebens. Der Schrei stieß über ihr Trommefell direkt ins Gehirn. Sie floh. Ohne ein Wort, ohne eine Geste. Wieder funkte sie Feuerwehr, Zentrale und Heidrun an. Und wieder keine Antwort. Sie sah sich um. Kein Mensch. Kein Fahrzeug. Keine Hilfe. Marina Rofting rief: »Hallo! Ist hier ein Arzt oder eine Krankenschwester? Hier liegt eine junge Frau zwischen den Steinen. Kann mir jemand helfen?« Tatsächlich! Durch den Wokendunst kam jemand in ihre Richtung. »Hallo! Hier bin ich!«, rief sie erfreut. Aber der Schatten löste sich auf, bevor er sie ereichte. »HALLO! HALLO!«, rief sie ihm nach.

Sie hatte lange gewartet, auch noch mehrmals gerufen, dann ging sie zurück. »Hilfe kommt!« sagte sie routinemäßig zu der eingeklemmten Frau. »Ich räume schon einmal einige Steine weg. Ich bin Marina Rofting. Wie heißen Sie?« – »Schmerzen! Aahh! Töten. Bitte.« Sie trug die Steine vier Schritte zur Seite. Die Hälfte der Brocken bereitete kaum Probleme, die andere besaß ein ordentliches Gewicht. Dann geriet sie an zwei Platten. Eigentlich war sie kurz vor dem Ziel. Sie musste nur noch zwei Steinschichten über dem Unterkörper der Frau abtragen. Aber diese beiden langen Steinplatten hätte selbst Heidrun nicht abräumen können. Und dieses Gewicht lag auf der Frau? Wie konnte die noch leben?

»Töte mich!« Meinte sie das ernst? *Wollte sie sterben?* Kein Mensch will sterben! Aber die Stimme der dort unten Liegenden und ihre Blicke baten Marina Rofting darum, ihren Schmerzen ein Ende zu bereiten. »Töte mich!« Wer wünschte denn so etwas? Einen Menschen töten? Niemals! Die Bitte der

Eingeklemmten verstörte Marina Rofting. Sie lief weit weg, zwei Minuten, drei Minuten, vier Minuten. Zum dritten Mal versuchte sie Feuerwehr, Zentrale und Heidrun zu erreichen. Wieder vergeblich.

Zurück zu der Eingeschlossenen. Die winselte nur noch. Jeder einzelne Laut löste eine dumpfe Welle in Marina Roftings Kopf aus. »Heidrun!«, rief sie, »hilf mir!« Sollte sie versuchen, den Schacht über dem Kopf der Eingeklemmten zu vergößern? Der starke Druck der Steine auf den Kopf löste sicher diesen albernen Todeswunsch aus. War der Kopf frei, konnte die Eingeschlossene wieder klar denken. Marina Rofting machte sich an die Arbeit. Ein kleiner Stein rutschte ihr aus der Hand und fiel auf den Hals der Frau. Der Aufschlag hallte in Marina Roftings Ohren wie ein Donnerschlag. Die Augen der Frau weiteten sich in endlosem Schmerz.

Marina Rofting ließ sich nicht von ihrem Plan ablenken, arbeitete weiter, trug den Brocken in ihren Händen zur Seite. Als sie den nächsten Brocken lösen wollte, blockierte eine Metallstange dessen Abräumen. Die Stange selbst war im Steinhaufen verkeilt. Während Marina Rofting überlegte, wie sie weiter vorgehen könnte, sprach die Einklemmte plötzlich, leise und bestimmt: »Töten Sie mich. Bitte!«

Meinte die Frau das so? *Ja!* Ihre Augen, ihre Lippen wiederholten stumm und eindrücklich die Bitte. Marina Rofting überkam der Zorn. Wieso hatte die Frau da unten ein klareres Bild von der Lage als sie hier oben? Keine Feuerwehr würde kommen und kein Krankenwagen. Wieso wusste die Eingeklemmte, dass ihre Lage aussichtslos war? Und die letzte, unaus-weichliche Konsequenz der Tod? Ein Tod, langsam oder schnell, mit großen und heftigen Schmerzen. Woher wusste sie das?

»NEIN!«, brüllte Marina Rofting. ICH HOLE HILFE! ICH HOLE HILFE!!«

Sie lief weg, 50 Meter weit. Anrufe. – Feuerwehr – Zentrale – Heidrun – vergeblich. Sie war allein, zitterte, Tränen liefen ihr übers Gesicht. Tränen, die sie nicht bemerkte. Sollte sie einfach weitergehen? So lange, bis sie endlich bei Heidrun war? Heidrun hätte gewusst, was geschehen musste. »Ob du sie tötest oder nicht. Deshalb wird in London kein Fenster geöffnet.« Aber in diesem Fall – *doch!* Diesmal würde ein Fenster geöffnet. Es handelte sich nicht um irgendeinen von Milliarden Menschen. Es ging um die ganze Menschheit, die Würde und den Wert des Menschen. Für jeden einzelnen Menschen wird in London ein Fenster geöffnet. Oder geschlossen. Das steht jedem zu.

Automatisch suchte Marina Rofting den Weg zu der Verletzten, die nicht einmal ihren Namen nennen konnte. Die atmete verkrampft, hustend. »Still! Sei doch endlich still. Bitte!«, flüsterte Marina Rofting. Sie starrte in die gequälten und bittenden Augen. Die Lippen öffneten sich, um einen winzigen Spalt. Blut rann aus der Nase. »Ich hole Hilfe!« Marina Rofting rührte sich nicht von der Stelle. Sie hob ihren Blick, sah mit hohem Tempo den Krankenwagen mit Blaulicht auf sich zukommen, hörte seine Sirene. Endlich! Er stoppte nicht, fuhr durch sie hindurch.

Mit einem Ruck zog Marina Rofting ihre Dienstpistole aus dem Holster, zielte und schoss.

Das Geschoss schlug mit einem saftigen Klack durch die Stirn der Eingeklemmten. »Heidrun hätte mich für diesen Schuss gelobt!« Marina Rofting hatte nur einen kurzen Moment nach unten gesehen, drehte sich sofort weg und lauschte. Stille umgab sie. Die Staubteilchen um sie herum formierten sich zum Gesicht der Eingeschlossenen. In der Stirn klaffte ein unendlich tiefes Loch. Langsam, automatisch, schob Marina Rofting die Pistole in das Holster.

In ihren Pupillen spiegelte sich die Gleichgültigkeit der Staubwolke. Sie hatte einen Menschen erschossen. Sie, Marina Rofting, die Polizistin Marina Rofting. Sie, die einen Eid auf die Einhaltung von Recht und Gesetz geschworen hatte.

14.41 h,
Bunker des Kanzleramtes,
Berlin

Das Haupttor der Garage zog sich langsam nach oben. Laute Kratzgeräusche waren zu vernehmen. Schuttmasse kugelte herein, einige Steine rollten bis vor die beiden Geländefahrzeuge. Ein Mann und eine Frau, begleitet von drei Soldaten, verließen den Bunker und gingen ein Stück weit hinaus. Der Mann putzte verärgert seine Brille. »Das hat gar keinen Zweck. Die Gläser sind sofort wieder staubig!« – »Wollen Sie ein anderes Tuch probieren, Herr Bundeskanzler?«, fragte einer der Soldaten. »Danke, es geht jetzt«, antwortete der und wandte sich an die Dame in dem eleganten Hosenanzug neben ihm. Sie presste ein Tuch vor ihren Mund. »Dieser feine Staub ist ekelhaft, Frau Gemmert-Fuhrmann. Gehen wir zurück.« – »Gut«, meinte Bundestagspräsidentin Vita Gemmert-Fuhrmann, »Die gefilterte Luft im Bunker dürfte wesentlich besser sein.« – »Ich schlage vor, dass wir gleich zur Charité aufbrechen. Nehmen wir dazu das Fahrzeug mit den Ketten«, sagte Bundeskanzler Jörn Kollhuber.

»Ist es nicht besser, wenn ich im Bunker bleibe?«, fragte die Bundestagspräsidentin. »In dieser Krisensituation sollten wir nicht zusammen in einem Fahrzeug unterwegs sein.« – »Zur

Charité und zurück dauert es nur eine halbe Stunde. Sie brauchen ihr Insulin, und ich will wissen, ob meine Frau die Operation überstanden hat. Bis wir wieder da sind, haben die Techniker die Sender und die Antennen bestimmt wieder eingerichtet. Überhaupt wird *Bunker Bau Mallir* für einige Schwächen gerade stehen müssen. Keine Außenkamera funktioniert mehr und alle Verbindungen zu den Ministerien sind unterbrochen. Oberst Scholz muss seinen Truppen per Walkie-Talkie Befehle erteilen. Die Feuerwehr und das THW erreicht er nicht. Das Internet ist unterbrochen und alle externen und internen Telefonleitungen. Das ist absurd! Kommen Sie mit. In der nächsten Stunde können wir unsere Ämter eh nicht ausüben!«

Bundestagspräsidentin Vita Gemmert-Fuhrmann stieg ein. »Dann fahren wir zuerst zu meinem Büro im Bundestag!«, wies sie die Fahrerin an. Berlin lag in einem feinen Staubnebel. »Kein Sicherheits-Dienst, keine Fotografen, keine Demonstranten. Welche Ausfahrt haben wir genommen?«, fragte die Bundestagspräsidentin. »Den normalen, in Richtung Brandenburger Tor«, antwortete die kommandierende Offizierin des Ketten-Fahrzeugs Mallir 22 B. Sie saß neben der Fahrerin. »Aber hier sieht nichts normal aus«, stellte Bundeskanzler Jörn Kollhuber fest. Weil der Mallir 22 B ruckartig schwankte, mussten sich alle an den Seitengriffen ihrer Sitze festhalten.

»Ja, auch das Gelände ist nicht normal. Ich bitte darum, dass wir zurückfahren. Überall ist der Boden aufgebrochen. Unser Kettensystem ist nur für Geröll ausgelegt, das dreimal so groß ist wie Kopfsteinpflaster. Aber hier liegen überall größere Brocken herum. Wenn wir sehr langsam fahren, könnten wir einem Teil dieser Betonklötze ausweichen. Aber wir können in ein Feld mit vielen solchen Brocken geraten und uns festklemmen. Außerdem funktionieren unsere Ortungssysteme nicht. Die satelittengestützten Systeme sind ausgefallen. Sie wurden vermutlich abgeschaltet. Und die auf Karten und Stadtplänen basierenen Ortungssysteme zeigen an, dass wir uns jetzt auf dem Platz vor dem Reichstag befinden müssten. Das kann doch aber nicht sein.«

»Liebe Frau Leutnant«, äußerte Bundeskanzler Kollhuber sein Erstaunen und seinen Unmut, »Wieso eignet sich erstens dieses Kettenfahrzeug nur für Autobahnen? Wurden Sie zweitens als Soldatin nie darüber belehrt, dass Katastrophen oder kriegerische Aktionen Landschaften oder Städte verändern können?« Die Kommandeurin antwortete sachlich: »Herr Bundeskanzler, das Fahrzeug Mallir 22 B wurde angeschafft, weil es sich über jedes Gelände bewegen kann, in dem es ein Erdbeben mittlerer Stärke gab. Dieses Gelände sieht aber so aus, als hätte es ein monströses Erdbeben gegeben.«

Die Bundestagspräsidentin schaltete sich ein: »Frau Leutnant, wie heißen Sie bitte?« »Ich bin Leutnant Maret Brendski!« – »Frau Leutnant Brendski, wir wollen zum Bundestag und zur Charité. Das ist Ihnen bekannt?« »Jawohl!« – »Wir sehen das gleiche wie Sie, nämlich eine gehäckselte Landschaft. Aber wir haben unsere Ziele. Den Bundestag. Die Charité. Zum Regierungsbunker wollen wir erst zurück, wenn wir unsere Ziele erreicht haben. Also …« – » … nennen Sie uns bitte Möglichkeiten, unsere Ziele zu erreichen«, ergänzte Bundeskanzler Kollhuber.

Leutnant Maret Brendski zählte auf: »Alternative eins: Wir fahren im ersten Gang zu Bundestag und Charité und zurück. Dann beträgt unsere reine Fahrzeit sieben Stunden. Bei gleichzeitigem Risiko eines Schadens an den Ketten oder eines Festfahrens im Gelände.

Alternative zwei: Nur ein Ziel minimierte Fahrzeit und

Risiko. Alternative drei: Den größten Teil der Strecke mit einem Hubschrauber zurücklegen. Alternative vier: zu Fuß gehen.« – »Kombinieren wir drei und vier. Aktivieren Sie einen Hubschrauber für uns. Und wir begeben uns mit Ihrer Unterstützung auf das Dach des Mullir 22 B. Dort bekommen wir einen Überblick«, nickte Bundeskanzler Jörn Kollhuber ihr zu. »Jawohl, aber lassen Sie uns das Dach in eine möglichst horizontale Position bringen«, sagte Leutnant Maret Brendski. Sie wies die Fahrerin an, den Mullir 22 B nach halblinks zu lenken. Dort machte das Gelände einen waagerechten Eindruck. Zehn Minuten später standen drei Personen auf dem Dach des Mullir 22 B, damit also 2,30 m höher als das Gelände in ihrer Umgebung.

»Linker Hand müsste das Bundeskanzleramt liegen und rechts der Reichstag. Ich sehe aber nichts davon. Auch nicht den Hauptbahnhof.« – »Und weiter rechts gibt es kein Brandenburger Tor und keine US-amerikanische Botschaft.« – »Sehen Sie ganz rechts irgendeines der Hochhäuser vom Potsdamer Platz?« – »Der Funkturm am Alex scheint auch weg zu sein.« – »Nirgendwo Menschen oder Fahrzeuge oder Polizei. Keine Fernsehkamera, die auf uns gerichtet ist.« – »Hier gibt es nur uns und diesen Ozean von Steinen.« Die Fahrerin öffnete ihre Tür und informierte die oben Stehenden: »Herr Bundeskanzler, Frau Bundestagspräsidentin, weder ich noch die Bunkertechnik erreichen unsere Flugbereitschaft.« – »Fahren wir zum Bunker zurück. Wir müssen die Hilfe für Berlin organisieren.«

Das Smartphone war weg. Es steckte in seiner Jacke, die er auf den Beifahrersitz gelegt hatte. Stand der Dinge: Kein Auto, keine Jacke, kein Smartphone. Thorben Dengmann konnte die Feuerwehr nicht benachrichtigen. Er bekam auch keine Verbindung zu seiner Frau, seiner Tochter, dem Stallmanager, der Architektin oder den beiden Nachbarn. Dabei war das gerade jetzt wichtig. Er musste sich einen Überblick verschaffen.

Thorben Dengmann rang um seine Fassung. Sein Körper war bis auf wenige Schrammen und Beulen heil, aber in seinen Kopf bekam er keine Ordnung. Was genau war da passiert? Er wusste es nicht. Warum? Da war ein Tohuwabohu. Gerade waren alle Naturgesetze außer Kraft gesetzt, er selbst hilfloses Objekt eines Spiels, dessen Regeln er nicht kannte. Ein Eindruck wurde vom nächsten ausgelöscht. Dort steckte er in einer gelben Wolke, da stürzte wie ein Stein in die Tiefe, mit Svenja tanzend, hier hatte ihn sein Sitz gegen einen Fuchs geschleudert. Jetzt brauchte sein Verstand Erklärungen. Jede Nachricht oder jede Verschwörungstheorie war ihm recht.

So wie er sich in diesem Moment fühlte, mussten sich neugeborene Babys in der Welt fühlen. Da war eine Sturzgeburt und nun war er, Thorben Dengmann, … wie Goldmarie in einen Brunnen gestürzt und befand sich in einem verstaubten Zauberreich. War das hier Voldemorts Schlafzimmer? Das war wirklich nicht mehr die Welt, die er gekannt hatte. Der Kopf der Babys war leer und bereit, die Welt zu entdecken. Aber er, Thorben Dengmann, war 59 Jahre alt. Sein Denken vollzog sich in den Ritualen der ihm bekannten Welt.

Sein Kopf konnte sich nicht von der erlebten Panik und Ohnmacht lösen, dem Toben der Elemente. Ihn selbst, seinen Kombi, die Straßen und die Felder ringsum saugte eine große Zentrifuge auf. Die Erde bebte und gleichzeitig stürzte der Himmel herab. Das musste eine Halluzination sein! So ein Aufstand der Natur war doch undenkbar, absolut unmöglich! Schwerelos schwebte in einer Straßenbreite Abstand neben seinem Kombi, in dem er gerade noch gesessen hatte. Sekunden später befand er sich hoch über dem Wagen. Direkt unter ihm kreischten drei Möwen. Sodann fing ihn in diesem See von Sand und Staub ein fliegender Busch ein. Ein Paar Stiefel flog dicht an ihm vorbei. Seine Stiefel, die er vor einer halben Stunde in den Kofferraum seines Wagens gelegt hatte. Am Tanz in der Luft nahmen zerrissene Oberleitungsdrähte teil, der dürre Kopf einer entsetzten Frau, Erdklumpen, Pfähle, Grenzsteine, ein Bienenkorb, Bein und Fuß eines Kindes. Er verlor das Bewusstsein.

Als er auf dem zerpflügten Boden erwachte, brauchte sein Gleichgewichtsgefühl fünf Minuten, bis es wieder funktionierte. Seine Gedanken kreisten in Zuckerwatte. Hatte er gestern bei Raupachs Feier zu viel Köm geballert? Aber heute Morgen war er doch klar im Kopf gewesen. Konnten jetzt noch Spätfolgen auftreten? Das schaurige Spektakel konnte nicht mit dem gestrigen Alkohol zusammenhängen. Der ganze Landstrich wurde erst in den letzten 15 Minuten total umgepflügt, nicht vorher! Alle Straßen, Hochspannungsleitungen, Getreidefelder und Gebäude waren verschwunden. Auch der *Kuhstall Ost*. Der war immerhin 90 Meter lang und 20 Meter breit. In ihm standen 400 Kühe. Und eine Melkmaschine, die jeden dritten Tag Probleme machte.

Probleme! Die gab es für seine Frau Svenja und ihn genug. Würde ihre Tochter Svantje sich scheiden lassen? Der Besitz war gesichert, per Ehevertrag. Dafür hatten Svenja und er gesorgt. Aber Svantje hatte sich nicht fair verhalten. In ihrer Wut verhielt sie sich undiplomatisch. Carsten hatte ihr goldene Brücken gebaut. Sie dagegen machte ihn überall schlecht. Nicht bedenkend, dass alles auf sie selbst zurückfiel. Ihr Ruf, ihr guter Name ging verloren. Wenn sie weiter so wütete, würde sie keine gute Partie mehr machen können. Zwar war ein halbamtlicher Versöhnungstermin angesetzt. Aber Svantje würde nicht mit sich reden lassen. Sie war eben seine Tochter.

Problem Kuhstall. Wo war der? Die Wolke aus Sand und Dreck legte sich erkennbar schnell schlafen, ließ die Umgebung sichtbarer werden. Himmel und Erde trennten sich wieder. Aber die Landmarken fehlten. Kein Elektrizitätswerk, keine Hochspannungsleitungen mehr, auch nicht die großen Höfe von Raupach und Beng. Die Reithalle war weg, die beiden Alleen, sein Kombi, in dem er vorhin gesessen hatte, und sein *Kuhstall Ost*, 90 mal 20 Meter, mit 400 Kühen. »Wo bin ich? Bin ich hier falsch?«

Thorben Dengmann griff zum Flachmann in seiner Tasche, nahm einen kleinen Schluck und spülte seinen Mund aus. Sand und Staub saßen bis in die Kehle hinein. Er spuckte aus und wollte ein Taschentuch aus seiner Hose holen. Da erst fiel ihm auf, dass der feine Dreck auch auf seine Hände umhüllte, seinen Kopf und seinen Anzug. Wie Puderzucker. »Dann werde ich einmal kräftig Staub aufwirbeln!« Alles lief schräg. In seinem Kombi hatte er einen 25 l Wasser-Behälter. Aber die mächtigen Wolken da oben hielten den wohl fest. Der Genever im Flachmann war zu wertvoll, um sich damit die Hände zu reinigen.

Nach lagem Reiben hatte er endlich das Gefühl, die Hände

seien so staubfrei, dass er damit ein Taschentuch anfassen könnte. Er griff zum Flachmann, spülte noch einmal den Mund aus und schnaubte dann die Nase frei. Zu seiner Verwunderung roch es immer noch penetrant. Er hatte gedacht, nur der in seine Nase geratene Dreck habe diesen Güllegeruch verursacht. Langsam kehrte Feuchtigkeit in seinen Mund zurück und auch in die Nase. Dann könnte die Tränendrüse die Augen endlich mit Nässe versorgen. Die brannten vor Trockenheit. Er musste immer wieder blinzeln oder sogar die Augen schließen. »Wenn die Luft so krümelig bleibt, muss ich mir wie ein Scheich ein Tuch um den Kopf wickeln. Eigentlich eine gute Idee! Ich hol mir mal eins. Das geht ja gar nicht. Wo steht nur mein Kombi?« Er musste ihn suchen.

Dann war noch die Absprache mit Frau Larsen. Vor dem Durcheinander hatten telefoniert, die Architektin und er. Die Bank hatte heute Morgen den Kredit über drei Millionen Euro zugesagt. Der Bau des *Stalls Nord* für 500 weitere Kühe konnte noch diesen Monat beginnen. Deshalb wollten sie sich heute am frühen Abend zu einem Ortstermin treffen. Die Baufirma musste wissen, wo nächste Woche der Erdaushub erfolgen sollte. Möglichst schon ab Montag.

Thorben Dengmann fühlte von einem Moment zum andern heftige Schmerzen. »Au, meine Brust! Hat mich da etwas getroffen? Sind Rippen gebrochen?« Vorsichtig betastete er seine rechte Brust. Plötzlicher Schmerz ließ ihn aufschreien. In der Ferne war ein Echo zu hören. Sein kurzer Schrei fand langen Widerhall. Thorben Dengmann, Besitzer von 400 Kühen, wusste sofort, wer so klagte. Eine Kuh, die unbedingt gemolken werden musste. Das Brüllen kam aus der Richtung, in der sein Stall stand.

Woher wusste er, dass dort hinten der *Kuhstall Ost* lag? Da war kein Gebäude zu sehen, nichts vom Teich, den Erlen, der kleinen Birkenallee. Dennoch, in der finstersten Nacht, sogar blind und taub würde er diesen Stall finden. Das lag an seinem Erbgut. Das Grundstück gehörte seiner Familie seit Ewigkeiten. Seit über 500 Jahren. Die Dengmanns waren eine alte Bauerndynastie. Fest verwurzelt. Nichts hatte sie von ihrem Land getrennt. Weder Pest noch Cholera, keine Kriege und kein Deichbruch. Dies hier war sein Land. Dengmann-Land. »Was immer sich ereignet, es wird unser Land bleiben. Bis zum jüngsten Tag.«

Rasch machte er sich auf den Weg zum Kuhstall. Nach einigen Metern stoppte er und bückte sich. Sein Handy! Da lag es. Wie war es aus der Jacke gekommen? Und aus dem Kombi? Egal! Mit dem Handy konnte er sich den notwendigen Überblick verschaffen. Aber die klagende Kuh? Beides war wichtig, die Informationen und das jammernde Tier. »Ich telefoniere mit Frau Larsen, während ich in Richtung Viehstall gehe. Er drückte ihre Nummer, aber die Leitung war stumm. Er schaltete auf seine Kuhstall-Überwachungs-App. Keine Meldung, nur eine Art Rauschen.

Was war eigentlich, wenn der Stall kaputt war? Wo konnte er seine Kühe unterbringen? Hoffentlich war die Melkanlage intakt. Wenn nicht, wie bekam er die 400 Kühe gemolken? Er rief bei Beng an. Hoffentlich war bei dem alles intakt. Wie viele Leute hatte er, um die Kühe zu Bengs Stall zu treiben? Vielleicht könnten die Leute vom Reitstall helfen? *Wilder Westen direkt vor Hamburgs Toren!* – Was für eine schöne Meldung.« Die Leitung zu Beng war tot. Auch die zu Raupach, zum Reitstall und zum *Hamburger Internet-Netzwerk-NACHRICHTEN.*

Er konnte nicht mehr weit von der klagenden Kuh entfernt sein. Plötzlich stolperte er. Geschockt sah er nach unten. Das

Glatte unter seinem linken Schuh war kein Stein! Er starrte auf den abgetrennten Kopf einer Kuh, auf der Seite liegend. Ihr Auge war staubfrei. Es sah ihn an, erstaunt und friedlich. Automatisch griff er zum Ohr und wischte den Staub von der Marke. Grüne Farbe, Aufdruck HH D / 3557. Es war eine seiner Kühe. Thorben Dengmann zuckte zusammen. Rechts von ihm. Wieder das klagende Gebrüll der Kuh, die gemolken werden musste. Der Stall war weg, 400 Kühe ebenfalls. Aber eine war geblieben, da stand sie, unten im Drecknebel und sie brauchte seine Hilfe.

14.52 h,
Königstraße,
Hamburg

Dr. Agilhard van Woot erwachte aus einem düsteren Traum. Eine riesige Dogge verfolgte ihn, immer wieder dumpf bellend. Mehrfach hatte sie ihn im Mund, konnte ihn aber nicht verschlucken. Sie spuckte ihn aus, auf den harten Boden oder gegen eine Wand. Er floh, sofort hetzte sie hinter ihm her. Agilhard van Woot schmerzten beide Beine, der Rücken, die linke Hand. Wieder hatte ihn dieses Doggenmonster verschluckt, sein Kopf geriet zwischen ihre Kiefer, knackte laut. Ein Blitz schmerzte in seinem Gehirn. Er schrie auf, landete auf der feuchten Zunge der Dogge, die ihn in hohem Bogen ausspie.

Von einem Moment zum anderen war er in der Realität. In welcher Realität? War das ein Nachflash, was vorkommen konnte beim Gebrauch des weißen Pulvers? Steckte er in einem halbdunklen Kämmerchen oder lag er in einem Kasten? Denn aufrechtes Stehen war hier nicht möglich. Agilhard van

Woot schätzte, dass die Minikammer in einem Winkel von 60 Grad schräg zur Seite kippte. Er lag auf einer Stahlplatte. Der kleine Kerker hatte einen rautenförmigen Grundriss. Er war klatschnass. War das hier eine Dusche? Nein, das war sein Schweiß.

Agilhard van Woot fuhr sich mit der rechten Hand übers Gesicht. Die Hand war völlig nass. Er wischte sie an der Ziegelwand gegenüber trocken. Auch auf seinem Gesicht befand sich ein Film von Schweiß. Diese Schmerzen in den Beinen, im Rücken und besonders an der linken Hand. Er sah an sich herunter. Da waren Risse an beiden Hosenbeinen und ein Loch im linken Oberarm der Jacke. Was war eigentlich mit seiner linken Hand? Erst jetzt bemerkte er, dass er sie nicht frei bewegen konnte. Von den 27 Knochen der Hand steckte ausgerechnet der allerkleinste im Maul der Dogge, das dritte Fingerglied des kleinen Fingers. Zwei Ziegelsteine hatten zugebissen.

Dr. Agilhard van Woot, hochgeschätzter Hals-Nasen-Ohren-Arzt, ungekrönter König der Königstraße, diagnostizierte. Phalanx III, die distale Phalanx. Das körperfernste Fingerglied, im Prinzip nur dessen halber Fingernagelbereich, klemmte zwischen zwei Steinen fest. Der Schmerz war so heftig, dass die Nerven ihn nicht weitermeldeten. Der Abstand der Steine war minimal. Der Fingerknochen war bestimmt schon in mehrere Teile zersplittert. Aus der kleinen Ritze zwischen dern Ziegelsteinen quoll Blut. An den Rändern war es geronnen, in der Mitte flüssig.

Er versuchte, die linke Hand wegzuziehen, erst vorsichtig, dann mit einem festen Ruck. Stechender Schmerz ließ ihn schwindlig werden und trübte seine Sicht. Er hatte die Hand nicht frei bekommen. Agilhard van Ruut schrie: »Hilfe! Kann mir jemand helfen? ICH BRAUCHE HILFE!«

Er sah nach oben. Die Kammer hatte ja gar keine Decke. »HILFE! Bitte helfen Sie mir!«

Nichts rührte sich, niemand rief zurück. Was war denn überhaupt los? Er versuchte, sich zu erinnern. Mittagspause. In seiner eigenen Praxis. Seine beiden Arzthelferinnen waren unterwegs, Gisa zum Postfach, Frau Zanger mit Unterlagen zu zwei Krankenkassen. Das anregende weiße Pulver. Mehrfaches Knurren, erst ganz harmlos, schließlich unerträglich laut! Die Dogge, die mit einem Satz durch die Decke sprang … Was, eine Dogge sprang durch die Decke? Ja, eine ausgewachsene deutsche Dogge! Sie stürzte schräg durch die Decke und die linke Wand auf ihn zu, groß wie ein Bagger. Er wollte fliehen, aber er kam nicht einmal bis zur Tür. Ein Biss und sie hatte ihn zum ersten Mal in ihrem Maul gefangen.

Damit begann der Albtraum. Ausspucken. Flucht. Maul. Ausspucken. Flucht. Maul. Immer wieder. Dem Traum folgte diese Wirklichkeit, surreal und dadaistisch. Die schräg liegende Kiste, Gliederschmerzen, ein benommener Kopf und der Finger, der in der Wand klebte.

Agilhard van Woot startete einen zweiten Versuch, den Finger aus der Wand zu ziehen. Er brüllte wie ein Tier, bis seine Stimme versagte. Sein ganzer Körper, das Zerchfell, Lunge, Hals, Rachen, Mund und das Gehirn war ein einziger Schrei gewesen. Für Sekunden war er ohne Bewusstsein. Der Schmerz verlor sich, das Denken setzte wieder ein. »Hilfe! Bitte helfen Sie mir!« Gut! Er konnte doch wieder rufen.

Von oben war nichts zu hören und nichts zu sehen. »Dann muss ich das Fingerglied abtrennen. Ein Riss der Sehne an der falschen Stelle könnte den kleinen Finger unbrauchbar machen. Aber ich will weiter operieren können. Es darf zu keiner Sepsis kommen. Nebenan, in meiner Praxis, liegt steriles Material. In welchem Raum bin ich hier eigentlich? Das könnte ein Teil des Kamins sein. Dann wäre ich aber oben im Dachbereich über dem vierten Stock. Die Praxis liegt im Erdgeschoss. Diese dumme Dogge, was hat sie nur angerichtet.« Eine Stunde später, er hatte weitere vier mal versucht, den Finger aus der Wand zu ziehen und sechsmal nach Hilfe gerufen, entschloss er sich zum gewaltsamen Entfernen des deformierten Fingerglieds.

Die Tragödie musste abschlossen werden. Wie? Das Glied zuerst nach oben hin abbrechen und gleich darauf abtrennen. Diese kleine Fingerkuppe würde ihm fruchtbare Qualen bereiten. Die sadistische Dogge hatte sich mit einem kleinen Teil des Fingers begnügt, statt ihn glatt durchzubeißen. Bei der Operation durfte er keinen Fehler machen. Wollte er weiter als HNO-Arzt operieren, brauchte er gesunde Hände. Agilhard van Woot würde die linke Hand nach oben ziehen, möglichst viel Spannung in den kleinen Finger und die Hand bringen. Sein Brustkorb würde zum Hammer, Hand und Finger zum Amboss. Wenn sein Brustkorb die linke Innenhand nach oben gegen den Stein drückte, musste der Finger brechen. Die Bewegung des gesamten Körpers gegen die Wand würde die Wirkung der Brustkorbs verstärken.

Wie ein Leistungssportler spielte er alle Bewegungen mehrfach mental durch. Die Hand voll ausstrecken, den Kopf zur Seite drehen, obere Rippen gegen die Handwurzel, mit den Füßen abstemmen und mit dem Brustbein die Innenhand nach oben drücken, alles mit der Geschwindigkeit und Wucht einer Keule. Noch einmal rief er um Hilfe. Wieder umsonst. Er atmete dreimal tief durch, zählte dann: »Vier, drei, zwei, eins, Sprung!«

Kapitän John B. Wakefield sah von der in leichter Schräglage liegenden Kommandobrücke der *ONE PINK ONE* auf den dunstigen Schleier, der kein Enden nehmen wollte. »Nebel ist das nicht«, schüttelte er den Kopf, »es dürfte eine Wolke aus Asche sein.«

»Wo ist die Stadt?«, fragte sein zweiter Steuermann Nikos Kitoumanlou. »Da ist kein Haus mehr zu sehen, kein Turm und keine Brücke.

»Warum gibt es unser Schiff noch, mit seinen 283 m Länge und 38 m Breite?«, fragte der Kapitän. Er selbst gab eine mögliche Antwort: »Das Wassser des Hafenbeckens rettete unser Schiff. Die Gebäude standen auf dem Erdboden.«

»Das war aber kein normales Erdbeben«, meinte der zweite Steuermann, »Als Grieche weiß ich alles über sie. Bei schweren Erdbeben schwanken Gebäude, kippen zur Seite oder stürzen ein. Aber vor einer Stunde flog alles, wirklich alles *durch die Luft!* Die Kräne links, die Elbphilharmonie vorn und die Speicherstadt. Ganz Hamburg wurde wie eine Puppenstube ein paar Mal in die Luft geschleudert. Auch unsere *ONE PINK ONE* schwebte. Als sie wieder im Hafenbecken landete, schlug sie mit einem ordentlichen Knall auf den Grund.«

Kapitän Wakefield drehte sich zu den vier Offizieren herum, die sich auf der Brücke eingefunden hatten. Nach dem Notfallplan hätten alle Offiziere im Dienst zur Brücke kommen müssen. Das waren zwölf. Acht Offiziere fehlten, waren also verletzt oder tot. Wakefield verstand das als eine Aussage über den Gesamtzustand von Schiff, Mannschaft und Passagieren. »Meine Dame, meine Herren, auf unserer kleinen Schar lastet jetzt eine große Verantwortung. Jeder von uns muss sich ab sofort um Sachbereiche kümmern, die bisher nicht zu seinen Aufgaben gehörten. Bitte entscheiden Sie eigenmächtig. Stellen Sie Mister Kitoumanlou oder mir möglichst wenige Fragen. Denken Sie in dieser Reihenfolge: Zuerst das Schiff, dann die Mannschaft, drittens die Passagiere, viertens die Reederei.

Improvisieren Sie, unbedingt. Unsere Kommandozentrale ist die Brücke. Das Kommunikationssystem liegt noch lahm. Wir haben gerade drei alte Walkie-Talkyies. Eines bleibt auf der Brücke. Das zweite geht an die erste technische Offizierin Efua Danquah. – Miss Danquah, Sie sondieren den Schiffsrumpf. Vom Kiel bis zur Antennenspitze. Ist die *ONE PINK ONE* noch ein Schiff oder nur noch ein Wrack? Schäden feststellen, Lecks schließen. Eine Aussage treffen: Wird unsere Lady eine noch stärkere Schlagseite bekommen oder sogar sinken?

Sie sind außerdem zuständig für die Energieversorgung. Wie lange laufen die Notbatterien? Bekommen wir Energie durch eigene Maschinen? Ordnen sie alle notwendigen Reparaturen an, Miss Danquah!« – »Yes, Sir!«

»Das dritte Walky Talky geht an Offizier Emile Moreau. – Mister Moreau, Sie befinden sich ab sofort im Rang eines ersten Offiziers. Organisieren sie zwei Krankenstationen. Die eine gleich neben unserer Bordambulanz. Die Fälle mit schweren Verletzungen sollen dorthin. Alle anderen Fälle ins Restaurant *Moskau*. Das ist bei Notfällen als Quarantänestation vorgesehen und wurde entsprechend ausgerüstet.

Aus dem Restaurant muss ein Lazarett werden. Alle Ärzte und Krankenpfleger, auch die Ärzte unter den Passagieren, dorthin. Jeder Verletzte, ob leicht oder schwer, soll sich melden, erster Offizier Moreau!« – »Okay, Sir!«

»Zweiter Offizier Jan Saulaityté, Sie übernehmen Verpflegung und Versorgung. Erstens eine Küche in Dauerbetrieb setzen lassen. Alle müssen etwas zu essen bekommen, so rasch wie möglich. Ist der Magen beschäftigt, kommt das Hirn auf weniger dumme Ideen. Zweitens alle Nahrungs-Vorräte überprüfen und auflisten. Ganz wichtig: Wie viel Wasser ist in unseren Tanks? Drittens, das Hauptrestaurant bleibt auf, aber alle Läden schließen.« – Yes, Sir!«

»Mister Niran Songgram, Sie sind ab sofort ebenfalls zweiter Offizier. Sie kümmern sich um Kommunikation und Passagiere. Erstens setzen Sie sich mit der Reederei in Verbindung und mit deutschen Rettungskräften. In den nächsten beiden Stunden keine private Kommunikatkion. Das gilt auch für die Offiziere. Zweitens richten Sie am Empfang ein Informationszentrum für die Passagiere ein. Alle gesunden Passagiere sollen sich dort melden. Die Passagierliste muss auf Stand. Wer ist aktuell an Bord? Wer für den Landgang gemeldet? Die meisten Passagiere sind in Hamburg, ihre Rückkehr war zwischen 16 und 18 Uhr geplant. Drittens organisieren Sie Bespaßung, sowie einen Gottesdienst. Viertens kümmern Sie sich um die Belegung der Kabinen. Alle Mitglieder der Crew, in deren Kabinen Wasser eindrang, verlegen wir nach oben. »
»Aye, Sir! Vielleicht sollten wir alle Passagiere auf die beiden Oberdecks konzentrieren und die Besatzung auf Deck B?«, schlug der frisch ernannte zweite Offizier Niran Songgram vor.

»Sie denken mit!«, nickte Kapitän John B. Wakefield ihm zu. Songgrams Vorschlag war damit abgesegnet.

Der Kapitän fuhr fort: »Meine Dame, meine Herren! Das Schicksal des Schiffes und aller Personen an Bord liegt in Ihren Händen. Ich vertraue darauf, dass Sie ihre Pflichten umsichtig erfüllen.«- »Das haben wir ja noch nie gehört. Ist es so ernst?«, fragte die erste Offizierin Danquah mit ironischem Augenzwinkern. Sie war der Spaßvogel unter den Offizieren der *ONE PINK ONE*. Kapitän Wakefield reagierte promt: »Wir alle werden heute noch viel Spaß bekommen.«

Er redete weiter: »Erstatten sie nach Erledigung ihrer Aufgaben Bericht. Wenn Sie Anweisungen brauchen oder Unterstützung, melden sie sich. Umgekehrt lässt ihnen die Brücke Informationen oder Anweisungen zukommen. Unsere Brückencrew kennen sie. Am besten sucht sich jeder von ihnen zwei Meldegänger. Das können auch Passagiere sein. Beachten Sie: Es muss immer bekannt sein, wo Sie sich gerade aufhalten. Steuermann Kitoumanlou teil nun an jeden von Ihnen eine Pistole aus. Falls jemand hysterisch wird, zeigen sie ihm diese. Die nächsthöhere Dosis wäre ein Schuss in die Luft. Als letztes bleibt ein gezielter Schuss.«

Die Offiziere verließen die Brücke, Kitoumanlou tippte einen Satz in den Logbuch-Computer: »Er läuft noch, Sir! Das erleichtert die Arbeit sehr. Wir müssen keine Eintragungen mit der Hand machen.« Er trat nah an Kapitän Wakefiield heran und fragte ihn flüstend: »Ist es wirklich notwendig, dass wir Waffen tragen?« Der Befragte zeigte in Richtung Innenstadt: »Dort gibt es vielleicht keine Polizei mehr, keine Richter und keine Gefängnisse. Hier an Bord sind wir das Gesetz. Mister Kitoumanlou, lassen Sie sofort alle fünf Kabinen steuerbords hinter der Brücke als Gefängnis-Zellen einrichten.«

»Hoffentlich finde ich hier jemanden! Bisher war kein Mensch zu sehen. Ich rufe einmal. HALLO, IST DA JEMAND? HALLO! ICH BIN HIER!« Keine Antwort. Ein zweites Mal rief Gina Adler nicht. Sie musste ihre Kräfte sparen und ihre Hoffnungen. Denn inzwischen war ihr bewusst, dass sie sich im Zentrum des Unglücks befinden musste. Welches Gebiet betraf es? Die komplette Schomburgstraße? Vielleicht auch ihre Nebenstraßen, wie die Willebrandtstraße? Traf das Unglück den ganzen Stadtteil Altona? Oder ganz Hamburg? So gewaltig konnte das Ausmaß aber niemals sein.

»Erdbeben und Vulkanausbrüche betreffen immer nur lokale Bereiche. Neapel ist eine Ausnahme. Das hatten wir mal in Erdkunde besprochen. Um den Vesuv herum gibt es Gefahrenzonen und Evakuierungspläne. Aber so etwas benötigt Hamburg nicht. Hier gibt es keinen Vulkan, keine Erdbebengefahr. Dieses Romuren muss einen anderen Grund gehabt haben. Könnten vorhin alle Gasleitungen in Altona explodiert sein?«

Gina Adler suchte die Willebrandtstraße, wo Klabauter auf sie wartete, ihr erstes Auto. Dazu wollte sie der Hauptstraße, also der Schomburgstraße, folgen. Aber sie war sich nicht sicher, ob sie überhaupt auf der Schomburgstraße stand. Alles war anders. Es gab keine Häuser mehr und keine Straßen. Es sah aus wie nach der Explosion einer Atombombe. Geradeaus war ein Band grauer Brocken erkennbar. Das konnten Reste der Straßendecke sein.

Die Suche nach der Willebrandstraße war die Suche nach einer Stecknadel im Heuhaufen. Über den kleinen und unruhigen Wellen von Stein und Abfällen lagerte dichter Staub.

Gina Adler rutschte häufig aus und freute sich, dass sie heute Morgen ihre Wanderschuhe angezogen hatte. Sie wollte sich sicher fühlen, wenn sie mit Klabauter nach Hause fuhr. Bei der Probefahrt hatte Tante Nora sie begleitet. Nach der Übergabe würde sie zum ersten Mal allein mit Klabauter unterwegs sein. Der Dunst schien sich langsam aufzulösen. Aber die Stille war schrecklich. Sie hörte keine Sirenen, keine Motoren, keine Lautsprecher, keine Hubschrauber, keine Menschen. Wo waren die Helfer, die Reporter, die Gaffer?

Während sie so verzweifelt überlegte, musste Gina Adler die Ecke Schomburgstraße – Willebrandstraße erreicht haben. Denn vor ihr lagen zerbrochene blaue Klinkerteile. Das kleine Möbelhaus an der Kreuzung hatte sich damit herausgeputzt. Positiv war auch, dass der große Staubteppich an Höhe verlor. Vorhin, beim Aufbruch an der Sparkasse umhüllte der Staub sie haushoch. Jetzt reichte er nur bis zu ihrer Taille.

In ihrer Euphorie fiel ihr ein, dass sich nur eine Kreuzung weiter der gelbe Schornstein befand, am dem die Mobilfunkmasten hingen. »Hier besteht Aussicht auf Verbindungen!« Sie griff zu ihrem Smartphone. »Nein. Kein Netz!«, murmelte sie enttäuscht, um sofort wieder zu jubeln. »Da, das Autohaus Bechle. ICH SEHE ES! Da ist es!« 50 Meter weit entfernt sah Gina Adler wirklich das *Autohaus Bechle* mit seiner schwarzen, zweistöckigen Fassade. Dort stand ihr Klabauter, abholbereit. Sie stapfte los, in Richtung der heil gebliebenen Welt, zurück in die Sphäre des normalen Lebens.

Sie solperte so schnell voran, wie es der Untergrund zuließ. Noch immer sah sie das *Autohaus Bechle*. Aber wenn alles umher kaputt war, wie konnte es dort stehen? Eine Stimme in ihrem Inneren warnte sie: »Das Malheur muss auch bis zur Willebrandstraße reichen. Dort wird kein Klabauter mehr stehen.« Tatsächlich hatte sie sich narren lassen. Eine dichte, grauschwarze Staubglocke hatte den gewollten Irrtum bewirkt. Statt vor dem *Autohaus Bechle* stand Gina Adler vor Geröll und Schutt. Sie rief laut: »Hallo!« Aber niemand rührte sich, auch nicht Frau Krint, die junge Verkäuferin. Aus Trotz suchte sie nach Klabauter und fand ein kleines Pappschild »Verkauft«. So eines hatte auf Klabauters Windschutzscheibe gelegen. Außerdem fand sie noch eine Kopfstütze und Teile einer Radkappe.

»Stehe ich hier auf den Resten von *Auto Bechle?* Liegt mein Auto in diesem Trümmerhaufen? Im Prinzip brauche ich es jetzt nicht mehr. Auf diesen Straßen kann kein Auto fahren. Wie lange die Stadt brauchen wird, bis die Straßen hier wieder aufgebaut sind? Das kann bis Weihnachten dauern, wohl eher bis zum Frühling des nächsten Jahres. Muss ich dem *Autohaus Bechle* die 6.000 Euro für das Auto zahlen?
Der gesunde Menschenverstand sagt »Nein«. Keine Ware, also kein Geld. Aber die Juristen entscheiden nach Gesetzen und dem Vertragsrecht. *Auto Bechle* hat das Auto heute Vormittag auf meinen Namen zugelassen, mit meinem Wunschnummernschild
HH GA 3/7/1999. Meinem Geburtstag. Den Papieren nach gehört das Auto mir. Aber noch hat das *Autohaus Bechle* diese Papiere. Sie wurden mir noch nicht ausgehändigt. Ich habe weder die Übergabe des Autos noch der Papiere schriftlich quittiert oder bestätigt. Wird das Autohaus verlangen können, dass ich für ein zerlegtes Auto zahlen muss?« Sie sah in die Richtung, in der der Bürotrakt gestanden hatte.

»Ich bin so durch. Erst einmal setzen, einen Schluck Wasser trinken und ein Bonbon lutschen.« Sie setzte sich auf einen niedrigen Quader, der ein bisschen wackelte und kramte in ihrer Handtasche. »Also, ich habe 6.500 Euro, eine halbe Pulle Mineralwasser und vier Lakritzbonbons.« Das Trinken erfrischte sie. Sie steckte sich ein Lakritzbonbon in den Mund und schloss während des Lutschens die Augen. Am liebsten würde sie die Augen gar nicht mehr öffnen. »Ich *kann* das nicht mehr sehen. Ich *will* das nicht mehr sehen. Wenn ich gleich die Augen öffne, ist alles wieder in Ordnung. Vor einer halben Stunde hatte ich Angst davor, Klabauter die vier Kilometer bis nach Hause lenken zu müssen. Doch diese Welt kannte ich wenigstens. Was aber ist mit dieser *Unwelt* um mich herum? Das ist pure Marslandschaft. Da ist doch kein Leben möglich! Ich habe nur noch Panik. Lass die Augen zu, Gina! Das Schweigen überall verheißt nichts Gutes. Was wird aus mir?«

Als im Mund nur noch etwas Lakritzgeschmack nachwirkte, öffnete sie entschlossen die Augen. Ihr braver Schutzengel hatte sie mit einer einfachen Idee beschenkt. Sie musste zum Rand des Malheurs gelangen, dorthin, wo es Menschen gab und Hilfe. Zuerst würde sie die Trümmer des Supermarkts neben dem Autohaus absuchen. Ein Brot wäre hilfreich. Oder eine Tüte Lakitzbonbons. Außerdem brauchte sie Mineralwasser, ein oder zwei Flaschen. Bier nähme sie auch, notfalls sogar Milch.

Während sie nach dem Supermarkt suchte, fielen ihr Britta und Inke ein. Was war mit ihren Schwestern? Britta in ihrem Appartment in Blankenese, Inke auf dem Hof im Alten Land? War wenigsten bei ihren Schwestern alles im Lot? Warum musste ausgerechnet jetzt das Handynetz ausfallen? Und wie ging es den Eltern? Vati hatte gerade den zweiten Infarkt überstanden. Vor zwei Tagen entließ ihn das Krankenhaus. »Wie üblich *blutig entlassen«,* hatte Britta gehöhnt, in Anspielung auf die Praxis der Krankenhäuser, ihre Patienten so rasch wie möglich vor die Tür zu setzen. Hatte Vati das Inferno überstanden? Mutti überstand alles, die würde 120 Jahre alt.

Gina Adler ertrug die Last der Stille, dieses Alleinsein, nicht mehr. Sie schrie, so laut, dass ihre Stimmbänder reißen mussten: »HALLO, IST DA JEMAND? HALLO, HIER BIN ICH! HALLO! HALLO!« Staub und Gestank drangen fühlbar in ihre Lungen. Sie hustete und spuckte. Wütend. Sie suchte systematisch dort, wo der Supermarkt gestanden hatte. Wo versteckten sich Brot und Wasser? Gerrit kam ihr in den Sinn. Wollte sie den sehen? NEIN! Ja, doch! Sie wollte schon wissen, was mit ihm war. Warum eigentlich? Vor vier Wochen hatten sie sich getrennt, vor genau fünfundzwanzig Tagen und achtzehn Stunden.

Er beharrte auf einer besonderen Reise, mit Segelturn nach St. Helena und einer Safari. Sie sollte es mit ihrem Geld bezahlen. Dem Geld für Klabauter. Ihnen ging auf, dass ihre Gemeinsamkeiten aufgebraucht waren. Schade, denn sie hatten sich auf ein Kind geeinigt. Keine Ehe, aber eine Partnerschaft mit Kind. Gerrit war der zweite Partner, von dem sie sich ein Kind gewünscht hatte. Waren in ihrem Fall der Wunsch nach einem Kind und der Wunsch nach einem Partner zwei verschiedene Paar Schuhe? Gerrit, das war einmal. Aus und vorbei. Trotzdem. Es wäre cool, wenn er noch lebte, wenn sie noch einmal mit ihm sprechen könnte.

Automatisch griff sie zum Smartphone. Die Nummer hatte sie gelöscht, aber sie kannte sie auswendig. Als sie die zweite Zahl eintippte, wurde ihr die Sinnlosigkeit ihres Handlens bewusst. Resigniert steckte sie das Smartphone ein.

Zu allem Unglück kam ihr die Nachbarin in den Sinn. Auf Frau Mollwert verzichtete sie liebend gern. Die Mollwert regte sich über die unwichtigsten Nebensächlichkeiten auf. Stundenlang. So verbreitete sie Aufruhr in der ganzen Nachbarschaft. Gina Adler fiel ihre Arbeitsstelle ein: »Ob bei diesem üblen Szenario mein eigener Schreibtisch im Büro heil geblieben ist?« Konnte sie morgen früh die Vorgänge weiter bearbeiten? Der Buchstabe K war dran. Etwa zwölf Anträge. Die musste sie bis zum Wochenende erledigen.

Ihre Augen weiteten sich. »Was ist das denn? Eine Fata Morgana?" Durch ihren Kopf schoss ein Adrenalinstoß: »Nein. Das ist echt! Alles echt! Hier führt eine Treppe nach unten in einen kleinen Raum ohne Decke. Da steht ein Getränkeautomat. Er sieht unbeschädigt aus.«

16.38 h,
Königstraße,
Hamburg

Die linke Hand kribbelte. Schlimmer waren die entsetzlichen Kopfschmerzen. Er wurde nie richtig wach und fiel immer wieder ins Dunkle zurück. Agilhard van Woots Kopf war hart gegen die Wand geschlagen. Die linke Hand war zwar frei, aber aus dem kleinen Finger tropfte ununterbrochen Blut. Das körperferne Fingerglied des kleinen Fingers steckte in der Wand. Er sah den kleinen Stummel, den Bart von Blut an der Wand, Knochensplitter, einen Streifen Haut. Ja, die Dogge hatte ihn freigegeben, aber nur, damit er jetzt verblutete.

Dr. Agilhard van Woot überkam erneut Schwindel. Er sackte in der kleinen Kammer zusammen. Kam er zur Besinnung, steckte er den Finger in den Mund. Das Blut befeuchtete die Zunge. Als er etwas länger zu sich kam, suchte Agilhard van Woot mit der rechten Hand nach einem Taschentuch. Eine dichte Staubschicht lagerte auf der linken Hand. Nur den kleinen Finger hatte er im Mund staubfrei gelutscht. »Das Tropfen stoppen. Die Wunde vor Dreck schützen.« Gedanken flatterten durch seinen Kopf ... ...*das Konzert heute Abend ... ...der Sonnenuntergang auf dem Feldberg ... ...Das Knurren der Dogge ... ...Thyras Freundinnen im Internat ...*

Doch die Gedanken fanden keine Nester. ...«*Raus, raus aus diesem Maul ... ...Ein Schmerzmittel ... ...Da oben ist der Himmel ... ...Wie werde vom Dach kommen? ... ...Warum hat mich niemand gehört? ... ...Die Wunde steril halten ... ...Warum suchen Gisa und Frau Zange, meine Sprechstundenhilfen, mich nicht? ... ...Die Dogge bedroht sie! ... ...Das Wartezimmer muss inzwischen rappelvoll sein ...*«

Dr. Agilhard van Woot verlor alle Kämpfe um seine Besinnung.

17.19 h,
Hamburger Landstraße,
Haseldorf

Das klagende Gebrüll der Kuh ging ihm ans Herz. Sie brauchte seine Hilfe, musste unbedingt gemolken werden. Thorben Dengmanns erfahrene Ohren verbanden die klagenden Laute mit einem weiteren Leiden. Die Kuh musste sich verletzt haben. Weil sie in einer kleinen Mulde stand, sah er anfangs nur ihren Kopf. Am Rand der Mulde erschrak er. Ihr rechter Vorderfuß klemmte zwischen zwei Ziegelsteinbrocken fest. Eine Pfütze aus Blut umgab beide Vorderfüße. Thorben

Dengmann ging auf der linken Seite in die Mulde hinab. Dort war der Rand am wenigsten steil. Sollte er sich zuerst um den zum Bersten gefüllten Euter kümmern oder um den verletzten Fuß?

Wie alle 400 Nutztiere im Dengmannschen Stall hatte diese Kuh keinen Namen. Die grüne Marke am Ohr wies sie als Kuh HH D / 3848 aus. Sie nahm ihn wahr, wandte ihren Kopf zu ihm. Er sah in ihre Augen. Die waren blöd vor Schmerz. Beruhigend sprach er auf sie ein: »Ich bin da. Ich helfe dir. Zuerst melken wir die Milch ab.« Matt nahm sie seinen Blick auf, dann weiteten sich ihre Pupillen. Für einen Augenblick sahen sich beide, Tier und Mensch, Mensch und Tier, in die Seele. Er sah ihre Leiden, sie sein Mitgefühl. »Also, leeren wir deinen Euter!«

Einen Eimer fand er nicht. Er würde die Milch dem Boden schenken. HH D / 3848 gehörte sowieso nicht zu den zehn Top-Leistungsträgerinnen seines Stalls. Deren Nummern kannte er auswendig. Einmal im Monat sah er sich seine Leistungsträgerinnen an, streichelte sie. Er griff die Zitzen von HH D / 3848. Wie lange war es her, dass er eine Kuh ganz gemolken hatte? »Da war ich zehn oder elf. Bei *Millamolla*, meiner ersten Kuh. Die hatten meine Eltern mir geschenkt. Damals gab es ja schon Melkmaschinen. Nach einem Monat steckte ich *Millamolla* an die Melkmaschine, denn Fußballspielen war mir wichtiger. Auf diese Weise brachten mir meine Eltern den Umgang mit Kühen bei.

Und die erste Kuh unserer Tochter Svantje bekam den Namen *Mollamilla*.« Der Euter war schon halbleer. Diese Kuh, HH D / 3 …, er hatte die Nummer schon wieder vergessen, sie sah in seine Richtung, stieß einen Laut der Zufriedenheit aus. Im nächsten Augenblick zerschmetterte ihr linkes Hinterbein seine Hüfte. Der Stoß war so heftig, dass sein Kopf in die Blutpfütze stürzte. Thorben Dengmann konnte sich nicht rühren., das untere Rückgrat war zertrümmert. Er fiel in den gleichen Dämmerschlaf wie vorhin, als das Erdbeben die Zentrifuge in Gang setzte. Er fühlte nichts, obwohl er elende Schmerzen haben musste.

Warum nur hatte HH D / 3848 -Jetzt wusste er ihre Nummer!- zugetreten? Hatte er zu schnell gemolken, eine Zitze zu stark geklemmt? War sie von einer Bremse gestochen worden? Rächte sie sich für jene Veränderungen des Erbguts, die frei lebende Rinder in jämmerliche Tiersklaven verwandelt hatte, unfähig zu artgerechter Existenz, Zuchtvieh, das nach einem Tag an einem übervollen Euter sterben musste, wenn der Mensch nicht eingriff?

Kühe, die 40 Liter Milch am Tag gaben. »Das ist perverse Überzüchtung«, hatte er damals mit 17 gedacht. »Die Rinder sollen artgerecht leben. Nur wenn wir sie in Einklag mit der Natur leben lassen, haben wir Menschen das Recht, Tiere auch für unsere Zwecke zu nutzen.« Konsequent plante er mehr als einen Biohof. »Biohöfe sind nichts als Etiketten-Schwindel!« So wusste er es damals. Es wollte es anders machen. Er musste es anders machen. Wenn er als Bauer das Sagen hatte, würde Dengmanns Hof ein Urwald werden, ein Urgelände, auf dem Kühe und Bullen frei existierten, sich frei entwickelten.

Seine Eltern lachten ihn nicht aus. Sie schenkten ihm zu seinem 18. Geburtstag ein Stück Land, das er nach seinen Ideen gestalten konnte, ließen ihn Agrarwissenschaft studieren. Er diskutierte mit Kommilitonen und Dozenten. Seine Ideen, seine Träume rieben sich mit Ansprüchen und Zwängen.

Als er sich während des Studiums von der dritten Partnerin trennte, kam er für eine Woche zurück auf den Hof Dengmann. Gleich vom ersten Tag an arbeitete mit, ohne dass seine Eltern ihn danach fragen mussten, fütterte Tiere, pflügte Felder. In seinem Hinterkopf dämmerte eine Erkenntnis, die schließlich sein ganzes Handeln bestimmten sollte. Der Hof würde ihm nie gehören. Er gehörte auch nicht seinem Vater. Der Hof, das Land gehörte den Dengmanns, der Familie Dengmann. Seit 500 Jahren. Er, Thorben Dengmann, war an diese Verpflichtung gebunden.

In der folgenden Zeit, den folgenden Jahren stellte er sich den Ansprüchen des Alltags. Seine Träume beschränkte er auf jenes Gelände, das ihm seine Eltern überlassen hatten, damals, als er 18 wurde. Verhandlungen mit Tierärzten, Futterlieferanten, Molkereien und Banken verlangten seine ganze Person. Die Dengmanns mussten mitspielen, wenn sie weiter auf ihrem Hof bleiben wollten. 500 Jahre, die hatten sich in ihren Genen abgespeichert. 500 Jahre verpflichteten.

Thorben Dengmann lag unter der klagenden HH D / 3848. Ihr Gebrüll erreichte nur sein Trommelfell. Ihm war klar, dass er im Sterben lag. Den *Kuhstall Nord* konnte er nicht mehr bauen. Aber Svantje. Svantje musste ihn bauen. Hoffentlich würde sie mit der Umsetzung der Pläne noch vor seiner Beerdigung beginnen. Ab dem 15. Juli verlangte die Bank 0,5% mehr Zinsen. «Handle fix, Svantje! 500 Jahre. Der *Kuhstall Nord* ist das Wichtigste!»

18.56 h, Fruchtallee, Hamburg

Fiona Sandhoff erreichte mit ihren Kindern die Reste des Supermarkts. Sie sah sich um und schüttelte niedergeschlagen den Kopf. Dieser gräßliche, endlose Friedhof! Asche, Gestank,

Steine. Keine Menschen, sie ganz allein mit ihren drei Kindern. Sie mussten zurück in die normale Welt, so rasch wie möglich. »BENNET!«, schrie sie verzweifelt. »Wo ist Papa?«, fragte Berit, »Ich sehe ihn nicht.« – »Papa wird gleich hier sein, Berit. Er hat es versprochen. Weil heute sein Geburtstag ist, hat er eine Überraschung für euch. Wir werden hier übernachten. Unten im Supermarkt. Da ist jetzt unser *Wasserschloss!*« Barnd war wenig begeistert: »Ich will nach Hause. Mit dem Schiff spielen.« Berit freute sich: »Dann putzen wir uns heute Abend nicht die Zähne?« – »Nein. Aber wir ziehen gleich unsere Sachen aus und waschen uns mit Mineralwasser. Das macht Spaß.«

»Mit Mineralwasser waschen? Toll! Das kitzelt bestimmt. Auf zum Wasserschloss!« Barnd jubelte und zog sich im Nu aus. »Lass die Unterwäsche an. Wir haben doch keine Schlafanzüge.« – »Heute schlaf ich nackigt, Mama.« – »Meinst du, das geht, Barnd? Wir müssen im Wasserschloss auf Plastikplanen schlafen, weil es dort keine Betten gibt.« – »Das ist eine geile Idee von Papi!« Barnd stürmte zum aufragenden Wellblech, wo der Eingang des Supermarkts gewesen war. »Barnd, nimm deine Sachen mit. Ich kann sie dir nicht nachtragen!«, rief Fiona Sandhoff ihm nach. Plötzlich, von einer Sekunde zur anderen, sah sie ihren Fünfjährigen nicht mehr. Das Geräusch eines Aufschlags war zu hören. Zerplatzte da ein Kanister? »Barnd, was ist los? Wo bist du?«

Sie nahm Berit an die linke Hand, trug den kleinen Birger auf dem rechten Arm. Kurz vor dem Eingang drückte sie Berits Hand so fest, dass ihre Tochter aufschrie. »Bleib stehen!«

Da war ein Loch, kreisrund und dunkel. Es war neu. Als sie vorhin losgingen, hatte es vor dem Supermarkt noch kein brunnenähnliches Loch gegeben. »Barnd, wo steckst du wieder? Komm, wir sind zu müde zum Spielen!« Ein Verdacht, ein übler Gedanke kroch in ihre Knochen, ihren Magen und das Gehirn. Der platzende Kanister ... Kam das Geräusch von Barnd? »Berit, du bleibst hier stehen und rührst dich nicht von der Stelle!« Sie legte Birger auf den Boden und näherte sich vorsichtig dem Rand des Lochs. Konnte der Rand nachgeben? Denn das Loch fiel senkrecht nach unten. Wie tief war es? »Vorsichtig beugte sie sich so weit wie möglich nach vorn. »Barnd! Nein! BARND! Um Himmels Willen!«

Unten wechselte die Hauptfarbe des schachtähnlichen Loches von Grau zu Rot. Der ganze Boden war rot und die drei Steinkanten, die Barnds Körper aufgeschlitzt hatten. Fiona Sandhoff sah die zersplitterten Füße ihres Sohnes, seine aufgeschlitzen Beine und Knochen an seinem Gesäß. Sie richtete sich auf und heulte, schrie und heulte, wünschte sich Bennet herbei und ihre Eltern. Sie holte ihr Handy heraus, tippte die Nummer der Feuerwehr: »Hier Fiona Sandhoff. Retten Sie meinen Sohn Barnd. Er ist vier Jahre alt und in ein tiefes Loch gestürzt. Fruchtallee, *g+g+g+Supermarkt*. Barnd ist mit dem Kopf aufgeschlagen.« Sie beendete die Mitteilung, drehte sich wieder zum Loch, wollte nach Barnd sehen. »Beim letzten Besuch im Schwimmbad zeigte ihm Bennet, wie man einen Köper macht«, sagte sie zu sich selbst. Ihr wurde schwarz vor Augen.

Sie erwachte. Bennet streichelte ihren Kopf und wiederholte zärtlich immer wieder ihren Namen. Plötzlich war es Berit, die sie sanft streichelte und leise »Mama, Mama, Mama ...« sang. Ihre Konturen verloren sich und Barnd streichelte sie. »Wie schön. Diese ganze Geschichte mit Barnds Unfall war nur ein böser, blöder Traum. Barnd ärgert mich bis in meine Träume hinein!« Sie lächelte Barnd an, der auf einmal Berits Stimme hatte, ja sogar nach Berit roch und ihre Gestalt hatte.

»Mama, bitte schlaf nicht wieder ein!«, bat Berit, »Ich habe Angst.« Fiona Sandhoff fand langsam wieder in den

Wahnsinn zurück. Außerirdische hatten die Welt zerstört. Viel gründlicher, als es irgendwelche Science-Fiction-Filme zeigten. Barnd war tot. Bennet nicht da. Stickiger Mief. Alles kaputt. Keine Krankenwagen. Kein Lärm. Keine Häuser. Staub und Sand. Graue Wolken. Sie allein mit Berit und Birger im toten Hamburg-Eimsbüttel. Die U-Bahn verschüttet. Geburtstag wurde nicht gefeiert. Haus und Wohnung weg. Im Supermarkt Wasserflaschen. Endstation.

»Birger summt, Mama. Er will deine Milch.« Fiona Sandhoff nahm Berit in ihre Arme und umarmte sie, ganz fest. »Du bist eine so brave Tochter!« Berit kuschelte sich erst an sie, begann dann zu zappeln: »Ich brauche Luft, Mama!« Fiona Sandhoff löste die Umklammerung: »Gehen wir zu Birger! Wo liegt er?« Berit wies nach halbrechts. Fiona Sandhoff sah sich um, als sie ihre Bluse öffnete. Aber natürlich war da niemand. Zum Hotzenplotz, sie waren allein, mutterseelenallein. Während sie Birger anlegte, fragte sie Berit: »Hast du keinen Hunger?« Berit schüttelte den Kopf: »Ich bin müde. Ich will schlafen.«

Birger saugte heftiger als sonst. Warum strengte er sich so an? Sie sah hinunter auf ihre Brüste und auf Birger. Die Brüste waren kleiner, weil weniger Milch eingeschossen war. »Wieso?«, fragte sich Fiona Sandhoff, »Eigentlich war heute doch alles normal. Es war ein Tag mit dem üblichen Stress.«

19.19 h,
Platz der Republik,
Hamburg

Marina Rofting sondierte das Gelände. Sie fand wenige Anhaltspunkte, eine Preisliste vom Imbiss auf dem Platz der Republik und einen halben Stempel mit der Aufschrift *Deut-*

sche Bahn Direktion. Also befand sie sich auf dem Platz der Republik. Obwohl dies nicht der Platz sein konnte und auch nicht Altona. Diese Gegend hier war Nicht-Land, Tod-Land, Kein-Land. Auf ihrem Marsch hierhin, zu ihrem Polizeirevier Altona hatte sie nur verwüstete Flächen gesehen, Brösel, Halbbrösel und Viertelbrösel wie diesen Direktionsstempel. Blöderweise auch Hautfetzen, Skalps und Knochenteile. Nirgendwo Menschen, nirgendwo Tiere. Nicht einmal eine dieser gurrenden Flugratten ließ sich sehen. Er wurde wirklich Zeit, dass jemand in London ein Fenster öffnete und der Gestank sich verzog. Das hier war nicht Altona. Altona musste woanders liegen. Da hinten floß die Elbe. Das sah sie. Aber vom Platz der Republik aus konnte man die Elbe nicht sehen. Alles war anders, schrecklich anders.

Sie funkte Heidrun Schmelki an, umsonst! Zusätzlich nervte sie der Durst. Zu ihrem Glück hatte sie noch ein paar Pfefferminzbonbons. Gleich das erste brachte den Speichelfluss in Gang. Hunger? Seltsamerweise nicht. Der Urin war dunkel. Und wenig. Im Halbstudentakt hatte Marina Rofting die Zentrale angefunkt und um Anweisungen gebeten. Die Zenrale schwieg. Zwischendurch musste sie das Gerät ausstellten, damit der Akku bis heute Abend reichte. Nach langem Überlegen traf sie selbstständig die Entscheidung, zur Wache am Platz der Republik zu gehen. Schließlich endete ihre reguläre Dienstzeit vor anderthalb Stunden. Natürlich war sie sich sicher, dass Heidrun Schmelki auch so entschieden hätte.

Wo steckte Heidrun in diesem Moment? Sah sie in London aus dem Fenster? Die Feuerwehr musste bestimmt an anderer Stelle eingreifen. »In anderen Stadtteilen wird es noch schlimmer aussehen.« Aber noch kaputter als hier in Altona

konnte es nirgendwo sein. Altona war nicht kaputt, es war ...
nicht mehr da! Es gab kein Altona mehr. Als Marina Rofting
ihr letztes Pfefferminz in den Mund steckte, fühlte sie sich
elend. Der graue Boden, der graue Himmel. Die Welt glich
einem Ozean aus Steinen, bis zum fernsten Horizont. Der
Dunstnebel hob und senkte sich. Jedesmal änderte sich dieser
abstoßende Geruch. Mal roch es nach Klärwerk, dann nach
Zahnarztpraxis, schließlich so wie offene Aschentonnen an
einem heißen Sommertag. Marina Rofting schrie grundlos
in die Stille: »Kommt! Kommt zu mir! Kommt schnell!« Aber
in London wurde kein Fenster geöffnet. Sie umrundete einen
schwarzen Stein im 20-Meter-Radius. War hier der Platz der
Republik mit dem Polizerevier Altona? Sie fand die Reste
eines Blocks für Protokolle bei Verkehrsunfällen. Die unbe-
schriebenen Fetzen stammten aus dem Tiefkeller. Aus zehn
Metern Tiefe. Dann musste sich hier das Polizeikommissariat
21 befinden. Marina Rofting setzte sich und wartete darauf,
dass Hauptkommissarin Brenning die Dienststelle für sie
öffnete.

Schnell döste sie ein, träumte von Hubschraubern, die ohne
Schwierigkeiten auf diesem wuseligen Gelände landeten. Sie
kamen, um die Bevölkerung mit Wasser zu versorgen. Lautsprecher dröhnten ihre Ansagen über Altona. Kein Mensch
kam. Alle blieben in ihren Häusern. Und die Häuser versteckten sich ebenfalls. Enttäuscht flogen die Hubschauber ab.

Der letzte ließ einen gediegenen Beerdigungskranz mit zwei
Trauerschleifen auf Altona herunterflattern.

Freitag, 2. Juli

Timo Stulz stand mit freiem Oberkörper am Rand des Elbesees. War die Wassermasse vor ihm nur ein See oder hatte die Elbe sich zu einem Teil der Nordsee gemausert? Gestern Nachmittag befreite sie sich aus dem 250 Meter breiten Bett, in das die Menschen sie gezwungen hatten. Gleichzeitig verschlang der Schleusenkanal die zwei Kilometer lange Insel Stove bei Geesthacht. Bis zum Horizont war die Welt mit Wasser gefüllt.

Timo Stulz fühlte sich nicht wohl in seiner Haut. Er war allein. Allein in ein Universum geworfen, das er nicht kannte. Wie oft hatten sie in ihrer *Aus-Alt-wird-Neu-Gruppe* genau jene Lage besprochen, in der er sich aktuell befand. »Angenommen, eine Prise Antimaterie schleudert die Welt aus ihrer Bahn. Zusätzlich wird die gesamte Erdoberfläche umgestülpt. Was machst du, wie gehst du vor?«

Sie hatten es besprochen. Sie hatten es trainiert. Fast jeden seiner Urlaube verbrachte er in der Einsamkeit Nordskandinaviens. Er kannte auch die Judäische Wüste. War er dort, versäumte er nie, bei 40° C den Schlangenpfad nach Masada hinauf und hinunter zu steigen.

Intensiv hatte die Gruppe sich auf die Katastrophe vorbereitet. Zum Überleben notwendiges Material gekauft und selbst in Werkstätten angefertigt, geschmiedet und geflochten; Zähne behandelt; kleinere Operationen am Graumen und an Furunkeln ausgeführt. Sie waren vorbereitet. Das dachten sie.

Durch einige Details geriet diese Katastrophe eine Nummer zu groß. Müffelnde Luft trug eine geschlossene, glatte, graue Wolkendecke. In endloser Ferne berührten sich im Süden und Westen Wolken und Meer. Hinter Timo Stulz erstreckte sich nach Norden und Osten hin zertrümmertes, flaches Land. Er stand an einer ihm unbekannten Küste. Allein. Die Realität des Unheils ließ ihn zu einer Mikrobe werden, einem Nichts. Er griff zu seinem wasserfesten Rucksack und zog das Badeschuh-Paar heraus. Umgekehrt kamen Jacke und T-Shirt hinein, bevor er Schuhe und Strümpfe auszog. »Wie lautet unser *Aus-Alt-wird-Neu-Motto?* Erobert die Welt. Sie wartet darauf.«

Der kleine Rucksack. Für ihn als Prepper gehörte der Rucksack zu seiner zweiten Haut.

Darum hatte er ihn im Schuber unter dem Fahrersitz verstaut. Im Rucksack steckten außer den Badeschuhen mit den starken Sohlen zwei Müsliriegel und ein Liter Mineralwasser. Im Sommer genügte diese Ausrüstung, um zwei Tage zu überleben. Egal, wo er war, ob zu Hause, auf der Arbeit, mit *Pharao* unterwegs, seinem schottischen Schäferhund, der kleine Rucksack war nie mehr als einen Meter von ihm entfernt. Zum Schluss zog Timo Stulz seine Hosen aus. Er würde nackt durch den See schwimmen. Aus zwei Gründen: Erstens hatte er nur diesen einen Satz Kleidung. Zweitens waren keine Menschen zu sehen.

Erst zu Hause würde er in seine Prepper-Montur schlüpfen können. Nachdem alle Kleidung verstaut war, schloss er den Rucksack wasserdicht. Die schmalen Riemen schnitten sanft in seine Schultern, als er ihn auf den Rücken schnallte. Die

Luft und besonders das Wasser waren noch kühl. Mit der Hand schöpfte er etwas Wasser und schnüffelte. Das Wasser roch ja noch miefiger als de Luft! Angeekelt verzichtete er darauf, das Wasser mit der Zunge zu lecken. Dabei war die Wasserqualität der Elbe in den letzten Jahren doch gelobt worden.

Timo Stulz orientierte sich ein letztes Mal. In fünf Kilometern Entfernung zog sich eine Kette von vier langen Inseln von Ost nach West. Sein Ziel lag bei ein Uhr. »Oldershausen liegt auf der zweiten Insel«, stellte Timo Stulz fest. Dort stand sein Haus, befand sich alles, um zwei Jahre lang überleben zu können, dort wartete *Pharao* auf ihn. In dem kleinen 650-Seelen-Dorf Oldershausen an den Flüssen Neetze und Ilmenau.

Wie er es erwartet hatte, musste er anfangs nicht schwimmen. Er konnte durchs trübe Wasser waten. Das Wasser war flach und nur knietief. An ein paar Stellen ragten Steine aus dem Wasser heraus. Die Sohlen der Badeschuhe bewährten sich. Denn das trübe Wasser erlaubte keinen Blick auf den Boden. So war er auf alles Mögliche getreten. Anfangs hatte er die Gegenstände neugierig hochgehoben, dann gab er das Spiel auf. Gefunden hatte er eine Fahrradklingel, eine halbe tote Katze, ein zu einer Schale geformtes Laptop und drei Meter Gartenschlauch.

Erstaunlich rasch war er einen halben Kilometer vom Ufer entfernt, ohne dass er auch nur einmal schwimmen musste. Da und dort ging es bis zur Hüfte ins Wasser, aber nur 30 oder 40 Schritte lang. Gewöhnlich waren nur seine Unterschenkel im Wasser. Timo Stulz achtete darauf, sein Ziel nicht aus den Augen zu verliefen. Die Inselkette bot beste Möglichkeiten zur Orientierung. Manchmal hatte er den Eindruck, dass er hinter der zweiten und der dritten Insel weiteres Land erkennen konnte. War das die Küste auf der anderen Seite des Elbesees? Sein Ziel aber blieb die zweite Insel. Dort musste Oldershausen liegen. Wie gut, dass die Wolkendecke nur erahnen ließ, wo jetzt die Sonne stand. Strahlend blauen Himmel konnte er mitten in dieser Wasserfläche nicht gebrauchen: »Ich würde nicht schnee-, aber wasserblind, zumal ich in Richtung Süden gehen muss.« Er watete vorsichtig durchs Wasser, um nicht auszurutschen, wenn der Untergrund einmal glatt war.

An einer Stelle stand er nur mit den Fußsohlen im Wasser. Das war eine gute Gelegenheit, den Rucksack abzusetzen und einen kleinen Schluck aus der Flasche zu trinken. Timo Stulz spielte Leuchtturm, drehte sich mal schnell, mal langsam um sich selbst. Seine Blicke verloren sich in der Weite des Wassers und des fernen Landes. Die Welt war leer und still. »Ich hätte nichts dagegen, wenn jetzt neben mir ein U-Boot auftauchte. Überhaupt, heute sah ich noch keine Möwe. Nicht eine einzige.« Himmel und Erde zerrten in ihrer Endlosigkeit und ihrem sanften Schweigen an seinen Nerven. Hinzu kamen diese eintönig graue Wolkendecke und dieser Mief. Sollte er nicht einfach stehenbleiben, auf die nächste Gondel warten, das nächste Floß oder das U-Boot?

Timo Stulz schüttelte den Kopf über sich. Wieso geriet ausgerechnet er, ein Prepper, in Weltuntergangsphantasien? Trotzig machte er auf *Männeken Pis*. Das Geräusch seines ins Wasser spritzenden Urins befreite seinen Kopf. Die zweite Insel. Oldershausen. Den nächsten Schluck würde er erst dann trinken, wenn er wieder festen Boden unter den Füßen hatte. Noch vier Kilometer Strecke warteten auf ihn, vier Kilometer Marsch durch dieses Brackwasser.

Gina Adler träumte vom Wochenende. Leider ging im aktuellen Traum ganz viel schief. Sie war um samstags um 6.30 h aufgewacht, wie an jedem normalen Arbeitstag. Aber am Samstag arbeitete sie nie. Und freitags war der *CLUB KLEISTER* angesagt, meist bis gegen drei Uhr. Gegen vier kam sie dann ins Bett und schlief bis elf Uhr. Dann erst begann der Samstag. Warum war der *CLUB KLEISTER* ausgefallen? Richtig. Den gab es nicht mehr. Auch ihre Wohnung hatte sie nicht mehr gefunden. Stundenlang hatte sie die Henriettenstraße 2 und ihre Wohnung im dritten Stock gesucht. Aber selbst die Hauptstraße, die Osterstraße, war verschwunden. Nichts, gar nichts, erinnerte an die Osterstraße.

Sie hatte sich in ein stinkendes Loch verkrochen. Wo war ihre Wohnung? Wo war ihr Kater Rübezahl? Wo waren die vertrauten Geräusche? Diese Ruhe! Das Internet lief nicht, es gab keinen Satelittenempfang, sie konnte nicht mal irgendwelche Musik hören. Das machte sie krank! Es war mucksmäuschenstill. Totenstill. Sie musste mal. Dann gab es kein Toilettenpapier. Keine Gelegenheit, sich die Hände zu waschen. Keine Möglichkeit, etwas zu trinken. Sie griff zu den Geldnoten und zählte nach. 6.500. Ja, es waren immer noch 6.500 Euro. Sie steckte das Geld sorgfältig ein. »In die U-Bahn steigen und am Rathausplatz frühstücken. Für 20 Euro. Mit den 6.500 Euro könnte ich mir über 300 Knaller-Frühstücke leisten. Mit Lachs und einem Glas Prosecco. Wie viele Frühstücke genau? 6.500

durch 20 macht … 300 plus 25, gleich 325 mal. Wenn ich verhandle, lassen die mich bestimmt ein ganzes Jahr lang Spezialfrühstücken. Natürlich könnte ich auch Jaqueline mitnehmen. Ein halbes Jahr lang jeden Morgen ausgiebig mit Jaqueline frühstücken.

Ich rufe sie mal gleich an.« Gina Adler nahm ihr Handy, tippte aber keine Nummer ein. »Oblomow. Guten Morgen, Graf Oblomow. 6.500 Euro. Wie viele Tassen Tee oder Kaffee könnte ich trinken? Also, rechnen wir drei Euro pro Tasse. 2000 plus 100 plus 66, macht 2166 Tassen Tee. Jetzt brauche ich eine. Eine gute Tasse Tee. Wenn andere ein Königreich gegen ein Pferd tauschten, tausche ich dann 6.500 Euro gegen eine Tasse Tee?« Sie lachte und durchstöberte die Marslandschaft nach etwas Trinkbarem. Zuerst fand sie einen Penis mit einem Hodensack. Die gehörten zu Teetje. Als nächstes stöberte sie eine Sonnenbrille mit einem Bügel auf. »Doch, jetzt wäre ich bereit, 200 Euro für eine Tasse Tee zu zahlen.«

Als sie die zweihundert Euro abzählte, wachte sie auf. Neben dem Getränkeautomaten. »Heute ist doch gar nicht Samstag. Es ist Freitag. Was habe ich da bloß geträumt? Ob es die Henriettenstraße wirklich nicht mehr gibt? Seit wann gehört mir ein Kater namens Rübezahl?«, fragte sich Gina Adler. Sie ging die Treppe der Minikammer nach oben und sah eine dunstige, endlose Ebene. Sie drehte sich um ihr eigene Achse, rief laut in alle Richtungen: »HALLO! HALLO!« Sie lauschte. Es blieb still. So still wie in ihrem Traum.

Peer Friedrich erleichterte sich im rechten hinteren Winkel das Aufzugs. Ausgerechnet er war der erste, der koten musste. Seit 17 Stunden steckten sie in dieser Kabine. Der Natur gehorchend hatten alle schon einmal uriniert. Zu ihrem Glück lief die penetrant riechende Flüssigkeit ab, durch einen kleinen Schlitz zwischen Boden und Seitenkanten. Nun war Urin das eine, Kot aber das andere. Und ausgerechnet er, Peer Friedrich, konnte seine Fäkalien nicht mehr einhalten. Er schwitzte, sein Gesicht leuchtete blutrot. Als Gipfel der Peinlichkeit hatte er um Papiertaschentücher bitten müssen, weil er nur noch eines hatte.

Die anderen taten so, als wäre dieser Stuhlgang ganz normal.. Warum regte sich keiner auf? »Musst du wirklich *jetzt* scheißen, Peer? Kannst du nicht warten, wie wir das tun? Der Fahrstuhlservice wird noch diesen Vormittag eintreffen, vielleicht sogar in dieser Stunde.« Selbst Ilona von Beckfolt hielt sich trotz ihres Alters tapferer als er. Aber er musste nun einmal. Sein After hatte schon halboffen gestanden. Nur einen Moment später und die Fäkalien wären in der Hose gelandet.
  Als er sein Gesäß gesäubert hatte, griff er seinen Mantel und legte ihn über die festen Ausscheidungen. Peer Friedrich hatte den blauen Mantel häufig getragen. Winnie, seine Frau würde froh sein, dass sein Lieblingsstück endlich wegkam. »Mit dem läufst du schon seit fünf Jahren herum. Der ist längst aus der Mode. Du als Abteilungsleiter kannst doch nicht so uncool präsentieren.« Er konnte es. Bis heute.
  »So, ich verwende den Mantel als Geruchsabschluss«, er-

klärte Peer Friedrich, »den können Sie alle genauso benutzen.« – »Wir duzen uns doch«, tadelte Ilona von Beckfolt ihn lächelnd. »Auch ihr könnt meinen Mantel als Toilettendeckel benutzen«, korrigierte er sich. Rasch machte er sich auf den Weg zur linken Seite. Er wollte nur weg vom Ort seiner Schande. »Peer, Vorsicht! Langsam!«, mahnte Hanjo Dunwaldt. Peer Friedrich setzte sein Manöver in Zeitlupenbewegungen fort. Anfangs half das. Dann kam die kritische Stelle an der gelben Fußplatte. Sofort setzte eine sanfte Kippbewegung in Richtung Türseite ein. Er zog seinen Fuß zurück. Zu spät! Der Aufzug bewegte sich, aber nur minimal. Alle hörten, wie die obere Kante der Türseite leise gegen den Aufzugschacht stieß. Keiner wagte auch nur zu atmen. Jede Bewegung konnte die Kabine aus der Verkantung lösen, die sie im Fahrstuhlschacht festhielt. Das nächste wäre der Sturz in die Tiefe und ihr Tod. Aber dieses Ende blieb aus, zum Glück! »Verzeihung!«, bat Peer die anderen. Er blickte ihnen in die Augen. »Keiner von uns hätte es anders machen können«, sagte Winand Mann. Ilona von Beckfolt nickte zustimmend.

Hanjo Dunwaldt wusste es besser. »Der nächste, der die Toilette aufsucht, geht nicht diagonal, sondern die Seiten entlang!«, wies er alle an. Peer Friedrich hätte ihn gerne nach einer Erklärung dafür gefragt. Leider wäre das zwecklos. So gut hatten die anderen drei Hanjo Dunwaldt während der Zeit in der Aufzugkabine schon kennen gelernt. Seine Erklärungen folgten einem einfachen Schema: »Ich weiß, wie die Dinge laufen müssen. Die anderen haben keine Ahnung.« Hanjo Dunwaldt zählte zu den Menschen, die immer Recht haben. Ilona von Beckfolt wuselte ihre Mineralwasserflasche aus der Tasche, trank einen Schluck und reichte sie weiter. Alle bewegten sich langsam und vorsichtig. Die Angst vor dem Absturz in die Tiefe bestimmte sie. »Wir haben noch etwa einen halben Liter Mineralwasser«, stellte Hanjo Dunwaldt fest. »Also trinken wir heute Mittag einen Viertel Liter und am Abend den Rest.« Erneut riss er die Führerrolle an sich. Keiner widersprach ihm.

Winand Mann wechselte das Thema: »Können wir uns nicht *selbst* aus dem Aufzug befreien? Schon seit 18 Stunden hängen wir hier fest. Und während der ganzen Zeit hörten wir kein einziges Geräusch von draußen. Auch über den Alarmknopf und unsere Handys erreichen wir niemanden. Wir können gerne noch ein paar Mal laut rufen. Aber ansonsten heißt es doch »Hilf dir selbst, *dann* hilft dir Gott.« Ich schlage vor, wir versuchen die Tür aufzuschieben oder die Decke aufzubrechen.«

»Versuchen wir es erst an der Doppeltür. Dabei müssen wir uns weniger bewegen und die Gefahr verringert sich, dass unsere Kabine absackt«, bestimmte Hanjo Dunwaldt. Darauf entspann sich eine heftige Diskussion. Das wenige Wasser hatte die Lebensgeister geweckt und den Wunsch nach Emotionen. »Die Tür unseres Aufzugs ist keine Doppeltür. Eine Doppeltür besteht aus zwei Türen, die an einen Rahmen moniert wurden. Angeblich sollen sie den Schall isolieren, in Wirklichkeit aber die Wichtigkeit der Person im Raum hinter der Doppeltür unterstreichen«, stellte Ilona von Beckfolt fest. Was bewog die im Käfig Gefangenen über die richtige Bezeichnung der Käfigtür zu sprechen? Mit großem Elan diskutierten sie Nebensächliches.

Winand Mann sagte: »Die Tür unseres Lifts ist eine ganz normale Aufzugtür. Sie öffnet sich nach links und rechts zugleich und schließt sich zur Mitte hin.« Damit war Peer Friedrich nicht einverstanden: »Aber es gibt auch Aufzugtüren, die sich nur nach links oder nur nach rechts öffnen. Sind das keine normalen Türen?« Hanjo Dunwaldt vertrat einen weiteren Standpunkt: »Normal ist an Aufzugtüren nichts. Die haben keine Griffe und öffnen sich nur auf Knopfdruck.« Ausgerechnet der junge Winand Mann wagte zu widersprechen: »Nur für die Benutzer öffnen sie sich auf Knopfdruck. Die Mechaniker wissen, wo die Hebel sind, mit denen die Türen geöffnet und geschlossen werden können.«

»Kann es wirklich Türen ohne Griffe geben?«, fragte Ilona von Beckfolt. Winand Mann war in seinem Element: »Aber klar doch. Die Tür unseres Aufzugs ist eine Doppelflügeltür.« Peer Friedrich schüttelte den Kopf: »Nein. Flügeltüren können weggedrückt werden *oder* herangezogen.« Hanjo Dunwaldt hatte eine Idee: »Ich habs. Schiebetüren. Unser Lift hat eine Doppelschiebetür.« – »Diese Doppelschiebtür wird von Mechanik hin und her geschoben. Bewegen sich die beiden Türen eigentlich unabhängig voneinander oder sind sie miteinander verbunden?«, fragte Peer Friedrich.

Ilona von Beckfolt wollte die Diskussion beenden: »Das spielt doch keine Rolle! Versuchen wir endlich die Tür zu öffnen.« Hanjo Dunwaldt widersprach ihr sichtlich gern: »Das ist schon wichtig, Ilona. Wenn die beiden Türen durch die Mechanik fest miteinander gekoppelt sind, bekommen wie sie nur gleichzeitig auf.« – »Also, wenn wir es schaffen, die linke Tür um 10 Zentimeter zu öffnen, öffnen wir die rechte Tür auch um zehn Zentimeter,« erläuterte Winand Mann. »Sind sie gekoppelt, müssen wir 15 Zentimeter pro Tür schaffen. Dann passt jeder von uns durch«, sagte Peer Friedrich.

Er lenkte das Gespräch auf eine praktische Frage: »Hat jemand ein Messer in der Tasche oder einen Schaubendreher? Irgendetwas, was wir zwischen die Schiebetüren klemmen und als Hebel benutzen können?« Winand Mann hatte eine

Papierschere in seinem Rucksack. Er wollte sie Hanjo Dunwaldt geben, aber der meinte: »Du bist am nächsten an der Tür. Probiere es!« Winand Mann und Ilona von Beckfolt drehten sich vorsichtig zur Tür um. Winand ging in die Knie, drückte seine Schere in den Schlitz und zog sie nach links und rechts. Ilona von Beckfolt versuchte oben, die Türen auseinanderzuziehen. Ein schmaler Spalt tat sich auf. Ein leises Summen war zu hören. Arbeitete die Mechanik?

Noch im selben Moment schrie Ilona von Beckfolt auf: *»Da ist eine Biene!«* Keiner sah das Insekt, aber jetzt summte es hörbar in der Kabine. Ilona von Beckfolt erklärte: »Ich habe eine Allergie gegen Bienengift. Ein Stich und ich muss sofort zum Arzt, um eine Spritze zu bekommen. Hanjo Dunwaldt sah sich um: »Hier ist keine Biene!« Aber Winand Mann zeigte zur Decke: »Da oben ist sie!« Wirklich, alle sahen jetzt Biene, die hektisch ihre Bahnen zog. Ilona von Beckfolt kreischte. Peer Friedrich zog seinen Schuh aus: »Ich schlage sie tot.« Die Kabine ruckelte leicht.

»Stopp!«, warnte Hanjo Dunwaldt. »SOFORT STOPP!« Sein entsetztes Gesicht war eine einzige Karikatur. Alle froren ihre Bewegungen ein. Genau darauf schien die Biene gewartet zu haben. Sie flog auf Ilona von Beckfolt zu. Die schlug wild um sich. Dann ihr Schrei: »Sie hat mich gestochen! Hilfe!« Peer Friedrich sprang zu ihr, schlug die Biene mit der ungeschützten Hand gegen die Wand. Die Biene stürzte hilflos auf den Boden. Peer Friedrich zertrat sie mit aller Kraft. »Stopp!«, rief Hanjo Dunwaldt wieder. »STOPP!« Winand Mann hob beschwichtigend die Hände. Mit einer irritierend ruhigen Stimme sagte er: »Keine Panik, Hanjo. Die Kabine hat sich nicht bewegt.«

»Wo kam die Biene her?«, fragte Peer Friedrich. »Sie steckte zwischen den Türen«, sagte Ilona von Beckfolt. »Die Öff-

nung der Türen sollte uns das Leben bringen. Und jetzt …«
»Lass einmal deinen Hals sehen, ob die Biene dich wirklich
gestochen hat«, schlug Winand Mann vor. Er bewegte sich
vorsichtig auf Ilona von Beckfolt zu. Nachdem er sie erreicht
hatte, zwinktere er den beiden anderen zu: »Ich sehe keinen
Einstich.« – »Sie muss mich gestochen haben. Ich spüre es!«
»Versuche, die Einstichstelle zu finden«, wies Hanjo Dunwaldt sie an, »Ich habe ein ein Mittel gegen Insektenstiche.«
Er bückte sich vorsichtig, steckte seinen linken Arm in Zeitlupentempo aus und zog seine Aktentasche an sich heran.

Wackelte der Fahrstuhl nicht schon wieder? Nach kurzem
Verharren kramte er in seiner Aktentasche und zog stolz ein
Tube heraus, so, als hätte er Ilona von Beckfolt schon gerettet. Die nervöse Ilona von Beckfolt hatte keine Einstichstelle
gefunden. Peer Friedrich versuchte, alle wieder konstruktiv
denken zu lassen: »Vielleicht können wir die Tür zu dritt besser öffnen. Weitere Bienen wird es dort nicht geben.« Winand
Mann und Ilona von Beckfolt griffen seinen Vorschlag auf
und steckten ihre Fingerspitzen zwischen die einen kleinen
Spalt offen stehenden Türen. Winand Mann zog unten, Ilona
von Beckfolt oben. Peer Friedrich bewegte sich in langsam in
ihre Richtung. »Eigentlich kann der Korb nicht wegkippen.
Er hat sich ja vorhin in Richtung der Doppelschiebetür bewegt.« Er brauchte eine ganze Minute für die nur zwei Meter
lange Strecke. Um bei der Öffnung der Tür zu helfen, stellte
er sich halbschräg neben Ilona von Beckfolt. Dann griff auch
er mit seinen Fingerspitzen in den Türspalt.

»Auf drei! Eins, zwei, DREI!«, kommandierte Hanjo Dun-
waldt. Alle drei zogen. Die Türen öffneten sich nicht weiter.
»Noch einmal! Eins, zwei, DREI!« … »Noch einmal!« …
»Noch einmal!« … »Noch …« – »Es hat keinen Zweck,
Hanjo!« Peer Friedrich sah zu Ilona von Beckfolt. »Toll,

deine Energie. Oh, Himmel, du siehst richtig blass aus! Dein Gesicht und deine Hände sind weiß und schuppig!« – »Die Allergie! Eine Spritze. Ich brauche sofort eine Spritze! Ich will nicht sterben. Bitte, rettet mich!« – »Was können wir denn tun?« Winand Mann brüllte: »Die Türen öffnen!« Er steckte wieder seine Finger in den Spalt, riss mit aller Kraft, die er hatte. KLACK! Die Türen ratterten, öffneten sich. Winand Mann musste sie mit einem Zauberstab berührt haben. Es schnarrte und quietschte. Beide Türflügel bewegten sich in exakt gleichem Tempo nach außen.

KLACK! Die Türen rasteten ein, standen still. Die vier Eingeschlossenen brauchten einige Sekunden, um zu begreifen, was sie da sahen. Sie starrten auf eine dunkelgraue Wand. »Nein, nein! NEIN!!« Draußen, vor ihrer Kabine gab es keine Tür, nicht die kleinste Öffnung, nicht den geringsten Spalt. Eine rauhe Betonwand ließ Kälte in ihre Kabine strömen. »NEIN!!« Winand Mann schlug mit der Faust auf sie ein. Die Wand war fest, hörte sich kein bisschen hohl an. »Die Aktion mit der Aufzugtür war ein Schlag ins Wasser«, flüsterte Hanjo Dunwaldt.

»Moment! Eine Chance geben uns die geöffneten Aufzugtüren doch!« Peer Friedrich nahm seinen Schuh und schlug mit aller Kraft auf die Wand. Die Schläge dröhnten in hren Ohren. Peer Friedrich machte eine Pause. Alle lauschten. Vergeblich. Draußen herrschte Schweigen. »Lasst uns rufen! Hallo! HALLO! HALLO!" Keine Antwort. Wieder schlug Peer Friedrich mit seinem Schuh gegen die Wand. Dreimal. Der Absatz drohte sich zu lösen. – Stille. Keine Reaktionen.

In ihr Lauschen hinein fragte Winand Mann plötzlich: »Ilona, was ist? Steh doch auf! Sie ist zusammengeklappt! Kommt, wir helfen ihr aufstehen.« Ilona von Beckfolt lag vor ihnen, mitten im Aufzug, versuchte zu sprechen, hauchte aber nur Unverständliches. »Was tun? Mund-zu-Mund-Beatmung?«- »Besser, wir versuchen, ihr Herz zu massieren.« -»Geben wir ihr etwas zu trinken.« – »Ihre Augen. Oh, Ilona schielt. Richtig grauenhaft! Mir wird schlecht. Ihre Augen platzen gleich!« – »Halt doch deine Schnauze, Peer. Ilona hört dich bestimmt. Bei Sterbenden fällt das Gehör als letztes aus.« – »Was man nicht alles so redet!« Hanjo Dunwaldt wurde knallrot, blickte Peer Friedrich um Entschuldigung bittend an.

Er nahm Ilona von Beckfolts Hand, fühlte ihren Puls. »Der Puls ist gut, sie wird den Schock überstehen. Kommt, helfen wir ihr, sich hinzusetzen. Ja, der Puls ist beständig.« Hanjo Dunwaldt fühlte keinen Puls. Er wollte seine fatale Äußerung über Ilonas Zustand wieder gutmachen. »Legen wir sie wieder hin. Wir müssen ihren Kreislauf in Gang setzten.« Die drei Männer begannen einen Tanz, dessen einfache Grundregel hieß: Der Fahrstuhl darf auf keinen Fall wegkippen. »Wie genau geht das mit der Herzmassage? Man soll fest drücken, selbst wenn eine Rippe bechen könnte?« – »So fest darf nicht gedrückt werden!« – »Doch!« – »Schlägt ihr Herz noch?« – »Ich merke nichts.« – »Die Augen. Sie starren ins Nichts.« – »Können Sie die Lider nicht schließen?« – »Auf keinen Fall. Ilona, nicke mal mit dem Kopf!« – »Die Füße sind eiskalt.« – »Ihr Kopf ist auch kalt.« – »Sie ist ... Ist sie ...?« Peer Friedrichs Mund formte das Wort *tot*, aber er sprach es nicht aus. »Nein, Ilona, NEIN! Du musst bei uns bleiben. Hörst du? Du musst bei uns bleiben.«

Die am Boden Liegende rührte sich nicht. Keiner Männer sprach. Wortlos, planlos hantierten sie an Ilona von Beckfolt herum, hoben einen Arm oder Fuß, schlossen die Augenlider, gossen etwas Flüssigkeit in ihren Mund, auf ihre Stirn. Dann schoben sie Ilona von Beckfolt vorsichtig, Millimeter um Millimeter in die Ecke des Aufzugs, die am weitesten von ihrer Not-Toilette entfernt lag. Zweimal pochte der Aufzug an die Wand. Minutenlang verharrten sie in ihren Bewegungen. – »Vielleicht ist sie auch nur scheintot!« – Hanjo Dunwaldt schüttelte den Kopf: »Die Insekten haben uns Säugetieren nur kurzfristig die Herrschaft über die Erde zugestanden.« Er und Peer Friedrich sahen sich in die Augen, starrten auf Ilona von Beckfolt und verharrten in ihrem trüben Schweigen.

In dieser Situation ergriff Winand Mann die Initiative: »Macht euch keine Vorwürfe. Sie hörte zwar, dass sie gleich sterben wird. Aber sie hörte vor allem eure große Verzweiflung darüber. Seht in ihr Gesicht. Es wirkt doch gar nicht verkrampft. Bestimmt ist Ilona friedlich gestorben.« Peer Friedrich sah ihn dankbar an, Hanjo Dunwaldt dachte automatisch wieder in die Zukunft: »Wir müssen den Leichnam irgendwie abdecken. Tote verwesen, und Teile ihres Körpers werden zu Gift.«

7.09 h,
Fruchtalle,
Hamburg

Fiona Sandhoff erwachte nach einem traumlosen Schlaf. Sie griff sich eine Halbliterflasche und ging nach draußen. Das war, wenn sie richtig gezählt hatte, die neunte Flasche, die sie nahm. »Ich muss heute zur Kasse gehen und zahlen! Warum hatte sich Bennet nicht über die Bohrmaschine gefreut?

Er war nicht da, er ist nicht da, *er ist tot*. Nein. Nein. NEIN! Er steckt in der U-Bahn fest. Oder in seinem Büro.« Sie hockte sich in eine Ecke, zog die Hosen herunter und urinierte. Hinterher schüttete sie Mineralwasser über ihre Hände. Toilettenpapier fehlte, Seife, Shampoo, Zahnpasta. Brot und Streichkäse. Alles da, keine zehn Meter entfernt, zwischen den Supermarkt-Trümmern. »Bennet anrufen.« Sie ging nach unten, griff zum Handy. Unten gab es kein Netz. Sie ging wieder nach draußen. Auch dort gab es kein Netz. Wo war das nächste Telefon?

Dann sah sie Barnds Unterhemd und andere Teile seiner Kleidung. »Barnd!«, schrie sie und stürzte zum Loch. Die dunkelrote Farbe unten ließ sie aufheulen. Ihre Klage fand kein Echo. Automatisch suchte sie Barnds Kleidung zusammen. »Er kann doch nicht nackt da unten liegen. Was sollen die Sanitäter denken, wenn sie ihn da rausholen? Nicht, dass da irgendwelche Gaffer Videos aufnehmen!« Warum war der Schacht von keiner Absperrung umgeben? Sie würde die Stadt verklagen. Hoffentlich würde es keine Rolle spielen, dass Bennet Barnd beigebracht hatte, wie man einen Kopfsprung macht. Wie viel Schmerzensgeld bekommt man für ein totes Kind? Für einen fünfjährigen Jungen? Tausend Euro? Barnd war eine Million wert. Mindestens.

Sie warf zuerst die Unterwäsche und die Strümpfe nach unten, dann Hose und T-Shirt, zum Schluss die Jacke. Die Schuhe ließ sie oben stehen. »Die soll Barnd erst anziehen, wenn er sich das Blut und den Dreck abgewaschen hat.« Sie setzte sich und wartete. Gleich müsste der Rettungswagen kommen. Der Notarzt. Die Feuerwehr. Die Polizei. Bennet. Ihre Eltern.

Gábor Béöthy, der erste Offizier der *ONE PINK ONE*, ein Ungar, trug ins Logbuch ein:

8.15h

Die beiden deutschen Besatzungsmitglieder Katrin Dorakow und Joachim Wagner wurden auf Befehl des Kapitäns um vier Uhr morgens an Land gesetzt. Kapitän Wakefield und der 2. Offizier Saulaityté hatten mit ihnen über ihr Vergehen gesprochen. Als Wiedergutmachung wurde vereinbart:

Beide haben die deutschen Behörden und die Reederei über die Situation der *ONE PINK ONE* zu informieren. Sie müssen einen Tag lang in Hamburg nach Passagieren und Besatzungsmitgliedern suchen, die am 1. Juli im Rahmen touristischer Programme das Schiff verlassen hatten. In spätestens vier Tagen ist ihr Sonderurlaub beendet. Über ihre Erfahrungen dürfen sie nur den Offizieren berichten.

Dorakows und Wagners Familien leben im Bereich Hamburg. Die beiden durften ihre Rucksäcke mitnehmen. Diese sind bei der Rückkehr wieder abzuliefern.

Gábor Béöthy überflog frühere Logbucheintragungen, um sich zu informieren. Eine betraf ihn selbst:

2. Juli

7.30 h

Der 1. Offizier Béöthy meldet sich zum Dienst, nachdem

seine Verwundungen (Quetschung der linken Hand, zwei Rippen gebrochen) behandelt wurden. Er erlitt auch eine Gehirnerschütterung. Trotz Kopfschmerzen tritt er seinen Dienst an. Kapitän Wakefield und der 2. Offizier Songgram legen sich im Kartenraum auf Notbetten zum Schlafen.

Zu seiner Information las er Eintragungen wie diese:

1. Juli

22.15h

2. Offizier Songgram musste seine Waffe ziehen, um die Besatzungsmitglieder Dorakow und Wagner am heimlichen Verlassen des Schiffes zu hindern. Sie hatten Proviant und Werkzeug (Hammer, Säge) entwendet. Beide wurden in die provisorischen Gefängnskojen zwei und fünf gesperrt.

15.40 h

Das Schiff liegt leicht labil in Schräglage Steuerbord auf Grund. Es schwankt zwischen 4° und 5°, abhängig davon, wo sich viele Personen aufhalten oder wo Material und Proviant gelagert sind.

Das Schiff ist manövrierunfähig. Es kann auch nicht abgeschleppt werden.

Der Kielbereich steht komplett unter Wasser. Die Höhe des eingedrungenen Wassers richtet sich nach der Höhe des Wasserstands im Hafenbecken.

Die Seitenwände sind stabil, aber auf Steuerbordseite im Bereich der Oberdecks A und B aufgerissen. In ein Viertel der dortigen Kabinen können Staub und Regen eindringen. Die dort logierenden Passagiere müssen umquartiert werden.

15.50 h

Zurzeit ist keine Kommunikation mit der Reederei möglich.

Bitte um Eingriff des Kapitäns: Etwa 20 Passagiere stehen vor dem Funkraum und drängen darauf, sich mit ihren Familien oder Firmen in Verbindung setzen zu müssen.

16.03 h

Die elektrische Notversorgung durch Akkus reichte bis zum 3. Juli nachmittags. Sie wurde abgeschaltet, denn ein Generator läuft. Er liefert Strom für Brücke, Lazarettbereich, Schiffstechnik, Küche, Restaurants und die Kabinen des obersten Decks. Die Elektrotechniker montieren die Reste der drei beschädigten Generatoren zu einem zweiten Generator zusammen.

Probleme:
1.   Viele Elektro- und Wasserleitungen sind gerissen. Reparaturen erfolgen nach Notwendigkeit.
2.   Sicherungen: Uns fehlen Sicherungen. Sicherungen werden dort ausgebaut, wo die Systeme nicht mehr funktionieren.

16.05 h

Passagierliste	2955 Personen
An Bord:	346 Passagiere,
Landgang:	2580 Passagiere
?	27 Passagiere
Am Kai stehen	2 VIP-Passagiere und wollen an Bord.

16.29 h

1. Arzt meldet:	Station eins ohne Strom,
	Station zwei ok, aber überlaufen.
	45 Schwerverletzte, davon fünf (!) im
	Koma etwa 100 Verletzte mit
	Brüchen, Quetschungen usw.

Nur ein Chirurg anwesend und eine Vollpflegekraft. (Die zweite liegt mit einem Trümmerbruch auf Station eins.)
Engpässe beim Material (besonders Betäubungsmittel)
Mannschaft und freiwillige Helfer sammeln alle Erste-Hilfe-Kästen ein(Auch aus den Kabinen).

Die Küche muss 90-prozentigen Alkohol fürs Sterilisieren zur Verfügung stellen.

2. Der Kapitän klärte die Situation vor dem Funkraum. Zur Bewachung des Funkraums müssen stets zwei männliche Besatzungsmitglieder abgestellt werden. Bewaffnung: Baseballschläger, die ab sofort zur Ausstattung des Funkraums gehören.

16.59 h
Funkraum meldet:
Immer noch kein Kontakt zur Reederei. Auch die deutschen, britischen, US-amerikanischen und norwegischen Konsulate, bzw. Botschaften sind nicht ereichbar.
Mehrere Satelliten melden nur ihre Positionen, leiten aber keine Programme oder Nachrichten weiter.

18.09 h
Besatzung, Aufstellung:

Von 22 Offizieren	9 einsatzbereit
	12 verletzt
	1 Vermisster
	(techn 2. Offizier Deledda, hielt sich im Kielbreich auf.)

Funktionsbesatzung	64
einsatzbereit	15
	27 an Land
	15 verletzt
	7 Vermisste

einfache Besatzung	590
	202 im Einsatz,
	etwa 300 verletzt
	etwa 90 vermisst – die Hälfte vermutlich irgendwo im Einsatz an Bord)

Bitte an Kapitän: Einen offiziellen Grund für das Unglück nennen.

18.15 h
Steuermann Kitoumanlou weist an, als vermutliche Ursache ein Erdbeben der Stärke 8,6 auf der nach oben offenen Richterskala anzugeben. Experten werden vermutlich morgen Genaueres mitteilen können.

»Wir werden Tage brauchen, um dieses Durcheinander zu ordnen«, kommentierte Gábor Béöthy die Eintragungen. Er blickte durch die von Rissen durchzogenen Fenster der Brücke auf das, was einmal Hamburg war. Die Scheiben waren notdürftig mit transparenter Folie geflickt worden. Gábor Béothy starrte über die Wasserfläche und die weite steinige Ebene. Bis zu den Wolken reichende Staubseen fluteten über die unheimliche Landschaft. Winde trieben sie in die unterschiedlichsten Richtungen. Er presste beide Hände gegen den schmerzenden Kopf. »Dieser Kloakengeruch. Lassen Sie alle unsre Abwasserleitungen säubern!«, wies er den zweiten Bootsmann an. Der schüttelte den Kopf: »Der Geruch kommt von der Stadt, nicht von uns.« Béothy wies ein Crewmitglied an: »Lund, bringen Sie einige Duftpatronen von den Saunabädern her, möglichst Zitrone!«

Er trug die Meldung über den fauligen Geruch ins Logbuch ein. Dabei grübelte er: »Wenn es außerhalb unseres Schiffes keine Welt mehr gibt, nur noch faulige Reste von Zivilisation,

wie schnell wird sich das Chaos in unser Schiff hineinfressen? Wie lange reichen die Nahrungsmittel? Wann sind alle Hygieneartikel aufgebraucht? Werden unsere Gäste, wird unsere Mannschaft umswitchen können von Bespaßung auf den bald einsetzenden nackten Existenzkampf?«

Schon um 7.30 Uhr, als er sich zum Dienst meldete, spürte Gábor Béothy, dass etwas nicht in Ordnung war. Eine entscheidende Kleinigkeit war nicht korrekt. Der 1. Offizier blickte in den halben Spiegel vor der Backbordtür. Dann erst sah er den groben Fehler. An seiner Uniformjacke fehlte einer der drei rechten Ärmelknöpfe.

Gritt Habber suchte verzeifelt nach einer Toilette. »Ich muss abstrullen. Meine Blase drückt wie ein Walross. Kann ich hier nirgendwo pissen?« Wo war das nächste Haus? War hier nicht bis gestern die große Kreuzung gewesen, an der es eine öffentliche Toilette gab? Sie sah kein Hinweisschild. Gritt Habber büllte, so laut sie konnte: »HALLO! Ich brauche eine Toilette! Kann mir jemand helfen?« Niemand antwortete ihr. Hier waren nur Steine und in der Ferne der Lastwagen. Aber bis dorthin würde sie es nicht aushalten. Sie musste und zwar sofort. Da sah sie den hellblauen Brocken. Der gehörte doch zur Wand der öffentlichen Toilette! Er ragte fast einen halben Meter hoch. Nichts wie hin! Gritt stoplerte und fluchte über ihre Slipper.

Leider war am Brocken keine Toilette. Gritt Habber biss sich auf die Lippen. Jetzt musste sie also hier in aller Öffentlichkeit … Peinlich! Doch das war in diesem Moment vollkommen egal. Sollten die Arschgesichter sie doch sehen. Während sie sich bückte und ihre Hose aufriss, ganz weit, meinte sie Hanne vor sich zu sehen, mit gezücktem Smartphone. Hanne würde das Video in alle Welt schicken. Noch heute eine Millionen Klicks, garantiert! Gritt Habber stand auf. Ihre Pisse spitzte nur so. Sie war gleichzeitig erleichtert und wütend. Überall mussten doch Spießer und Greise herumstehen, Leute, die sie jetzt begafften. Sollte sie diesen Spannern auch noch ihre Brüste zeigen? Sie riss ihr T-Shirt hoch bis zu den Schultern.

Die Gaffer blieben stumm. Hanne machte keine hämische Bemerkung. Auch die Klasse reagierte nicht. Kein Gröllen der Jungen, kein Kreischen der Mädchen. Sie zog die Hosen hoch, blickte erstaunt in alle Richtungen. Niemand! Da war niemand, nicht einmal ein Hund.

»Hallo!« Erst sagte sie es, dann schrie sie: »Hallo! Hallo! HALLO!« Sie schrie es wieder: »HALLO! HALLO! HALLO!« Und noch einmal: »HALLO! HALLO! Hallo!« Eine Windbö hüllte sie in Staub ein. »Bin ich die letzte Bitch hier in Hamburg?«

Wohin hatten sich die anderen Wichtel nur verkrochen? Gritt Habber griff zum Smartphone. Heute Morgen musste es doch wieder Verbindungen geben. Zumindest Marga und ihre Eltern müsste sie wieder erreichen können. Aber die Sophienallee befand sich noch immer im Funkloch. Gritt Habber hätte einen Pudding jodeln können! Sie flüsterte: »Wie sieht mein weiteres Leben aus? Was mache ich, wenn außer mir nur noch Hanna und Norman leben? Bringe ich die beiden um oder mich?«

10.30 h,
Bunker des Kanzleramtes,
Berlin

Im Besprechungssaal des Kanzleramt-Bunkers fanden sich sieben Personen ein. Bundeskanzler Jörn Kollhuber, Bundestagspräsidentin Vita Gemmert-Fuhrmann, der stellvertretende Regierungsprecher Hagen Grusk, Ministerialrätin Sebastiane Trutz-Fenkrow – Sie war für den Regierungsbunker zuständig. -, der für die Technik verantwortliche Oberingnieur Moritz Kerkreuth, der das Bunkercorps befehlende Oberst Vicente Scholz und die Chefköchin Meta Guhl.

»Guten Morgen, meine Damen und Herren! Ich eröffne die

erste Sitzung des provisorischen Rates des Kanzleramt-Bunkers. Herr Grusk, Sie protokollieren bitte. Wir sind noch in der Orientierungsphase und müssen uns gegenseitig über alle wichtigen Details informieren. Außer uns sieben befinden sich weitere 99 Personen im Bunkersystem des Kanzleramtes. Insgesamt also 106 Menschen.

Da jeder von uns einen Berg von Aufgaben zu bewältigen hat, tragen Sie bitte zur Information unserer Runde nur die wesentlichen Punkte vor und beschränken Sie sich auf wenige Fragen. Frau Gemmert-Fuhrmann und ich werden die Sitzung abwechselnd leiten.«

Bundeskanzler Josef Kollhuber nickte Sebastiane Trutz-Fenkrow zu. Die begann: »Herr Bundeskanzler, der Bunker des Kanzleramtes sollte in zehn Tagen, am 11. Juli, in Betrieb genommen werden. Wir trafen uns gestern zur letzten Besichtigung vor der Übernahme vom Bauträger, der Firma Mallir. Während wir uns im abgeschotteten Zustand befanden, trat ein Ereignis ein, durch das zumindest Berlin zerstört wurde. Unser Bunker hat diese Bewährungsprobe überstanden. Bist auf die Kommunikationssysteme sind alle Segmente intakt. Bisher wurde nur ein Leck in einer Wasserleitung gemeldet. Das war bereits nach 40 Minuten wieder abgedichtet. Glücklicherweise wurde das Ersatzteillager mit dem kompletten Material beliefert, genau eine Viertelstunde vor Abschottung unseres Bunkers.«

Oberingenieur Moritz Kerkreuth meldete sich: »Auch die Kommunikationssysteme müssten eigentlich funktionieren. Die Instumente zeigen an, dass sie senden und empfangen. Aber wir empfangen absolut nichts. Kein Video, kein Bild, keinen Ton, keinen Text. Alles ist stumm. Internet, Satelliten, Sender, Leitungen, es kommt nichts rein. Wir senden zwar nach Angabe der Instrumente pausenlos Nachrichten, haben aber den Eindruck, dass diese niemanden erreichen. Bisher nahm keine bundesdeutsche und keine europäische Institution mit uns Kontakt auf, keine der in Berlin sitzenden Botschaften, auch nicht der Berliner Senat. Ebenso keine Regierung, ob aus Frankreich, USA, Russland oder China. Es herrscht das Schweigen im Walde. Nur Forschungs-Satelliten, die mit erdunabhängigen Programmen arbeiten, senden noch, wenn wir direkt im Bereich ihrer Sender liegen.

Auch zu Einzelpersonen besteht kein Kontakt. Kein einziger Mensch kam bisher auch nur in die Nähe des Kanzlerbunkers. Kein Bundestagsabgeordneter, keine Mitarbeiter von Ministerien, auch keine Reporter oder Bürger. Draußen herrscht Grabesruhe.«

Meta Guhl, die Chefköchin, wurde leichenblass. Von der Bundestagspräsidentin aufgefordert, flüsterte sie: »Wenn wir 106 Personen sind, reichen unsere Vorräte für gute vier Monate. Das gilt für Nahrungsmittel und Wasser.«

Oberst Vincente Scholz erläuterte kurz: »Die Sicherungs-Truppe bewacht den Bunker in einem Radius von einem Kilometer. Draußen patoullieren ständig 12 Mann. Das Bunkersystem verfügt über fünf Tor-Systeme. Alle sind intakt, benutzt werden zwei. Im Normalfall sind die Tore geschlossen. Sie werden nur zum Wechsel der Wachen geöffnet. Zwei Koordinatoren halten mit den Patroullien Kontakt. Das läuft problemlos über Funk. Gemeldet werden muss: Während ihrer Erkundungsfahrt gestern Nachmttag sind etwa 40 Mäuse in den Bunker eingedrungen.«

»Verhaften und standrechtlich erschießen!« – »Das nehme ich nicht zu Protokoll.« – »Das nehmen Sie zu Protokoll. Überlegen Sie selbst, wie schnell aus 40 Mäuschen eine Plage von 400 Mäusen wird und schließlich eine Armee von 4000 Nagern.«

Ein Spaten. Er brauchte einen Spaten. Der Copilot hatte es den 245 Menschen versprochen, jedem einzelnen von ihnen. Für die ersten beiden Leichen hatte er Gräser gesammelt. Neben der zertrümmerten Start- und Landebahn 15/33 war das Gras hoch und dicht gewachsen. Das Beben gestern wirbelte zwar die Grasfläche völlig durcheinander, doch parallel zur Landbahn bedeckten immer noch Gräser die Oberfläche. Schon nach einer halben Stunde lagen die Toten unter zwanzig Zentimeter Gras. Er hatte die Gräber markiert. Zur hellen Asche gehörte sicher die Schuhsohle, die unter ihr gelegen hatte. Zur dunklen Asche gehörte ein Brillenglas.

Während er Gras für die nächsten drei Leichen sammelte, kam heftiger Wind auf. Murray sah, wie das Gras der beiden Gräber davonflog. Er eilte dorthin. Neben der Schuhsohle lag nur noch ein winziger Rest der hellen Asche. Auch die Hälfte der dunklen Asche hatte der Wind geraubt.

Murray ärgerte sich: »Bis gestern lernte ich Passagierflugzeuge zu beherrschen. Jetzt muss ich lernen, sichere Gräber anzulegen.« Er suchte Gesteins- oder Betonbrocken. Die Suche war mühsam. Fast alle Steine steckten zwischen Erdklumpen und er musste sie mit den Händen ausbuddeln. Ein Teil der Steine, die er ausgraben wollte, war zu groß und zu schwer. Es brauchte viel Zeit, bis er die Reste der beiden Gräber mit Steinen abgedeckt hatte. Ihm wurde klar, dass er so nicht weiterarbeiten konnte. Ein Spaten musste her. Gehörte zur Ausrüstung des Flugzeugs ein Spaten? Bei der Prüfung hatte es es gewusst. Eine Stunde nach der Prüfung war die Hälfte des gelernten Stoffes ins Nirwana des nicht mehr bewusst Abrufbaren abgetaucht. Aber selbst wenn ein Spaten zur Ausrüstung gehörte, dann hatte ihn die Hitze des Brandes unbrauchbar gemacht.

So wie fast alles. Verglühte Elektronik, verdampfte Getränke, verbrannte und verformte Sitze, verschmolzene Metallteile, zu Asche verbrannte Menschen. Auch von Captian Maureen Winter hatte er nur noch warme Asche gefunden: »Der halbe Jackenknopf dort links gehört zur Uniform des Chefpiloten. Der muss von Captain Winter sein.« Daniel Murray schob die Asche in die akutelle Ausgabe der *Times*. Captain Maureen Winter würde er heute als letzte begraben, an einem Ehrenplatz.

Ein Spaten und Nahrung. Zuerst suchte er die Reste des Flugzeugs ab. Der gesamte Küchenbereich bestand aus einem ineinander verschmolzenen Chaos von Metall, Glassplittern, bizarr wirkenden Plastikklumpen und Asche von Lebensmitteln. Dann untersuchte Daniel Murray die um die Maschine verstreuten Koffer. Die Wucht des Aufpralls hatte viele aufgebrochen. Schon in den ersten drei Koffern fand er Kekse und einen Käse. Um Lebensmittel brauchte er sich zunächst keine Sorgen zu machen. Wasser gab es in diesem Gelände genug. Die Hälfte der Gräser stand mit ihren Füßen im Wasser Er trank es bedenkenlos, trotz des leicht bitteren Geschmacks. »So sollte Bitter Lemon schmecken!«, fand Daniel Murray, »Vielleicht mache ich eine Getränkefabrik auf. Denn ein Flugzeug werde ich nie wieder steuern können.«

Erneut konzentrierte er sich auf das Problem des Spatens. Wo bekam er einen Spaten her? Wenn er keinen fand, musste er die 245 mit seinen Händen begraben. Er hatte es ihnen versprochen, gestern. Als er um das Flugzeug herumlief, Schreie vernahm, verzerrte Gesichter hinter den Scheiben sah und die brennenden Fackeln, die sich von oben herunterstürzten.

Ein paar humpelten noch einige Meter herum. Er konnte nicht helfen. Die Hitze war zu groß. Und die Panik. Alles lief falsch. Keine der Rutschen hatte sich geöffnet. Kein Crewmitglied gab Anweisungen. Schreie, Brüllen, Kreischen. Überall dieser dichte Rauch. An vielen Stellen glühte das Metall dunkelrot, manchmal hellrot, an einer Stelle gelb.

245 Menschen starben und er sah hilflos zu. Er lief um das Flugzeug, brüllte Anweisungen. Vergeblich. Murray rief den Fackeln zu, sie sollten sich hinwerfen und auf dem Boden wälzen, um so das Feuer zu löschen. Drei taten es. Umsonst. Sie hatten nur wenige Quadratzentimeter heile Haut. Angekokelte Augen, Ohren, Gesichter und verbrannte Kopfhaare machten ihn hilflos, sperrten jedes Denken.

Heute brauchte er einen Spaten. Daniel Murray musste das Versprechen einlösen, das er den Sterbenden gegeben hatte. »Winter und ich retteten 245 Menschen, damit sie einen noch grausameren Tod starben. Warum? Warum nur? Sein Gehirn weigerte sich, das wahnsinnige Gemisch aus Eindrücken zu ordnen. Weder in einer zeitlichen Abfolge, noch in seiner Bedeutung. Faben, Körper, Brummen, Captain Winter, Angst, Panik, Rauch, Flammen, Aschefunken, Gestank, Menschenfackeln, der Aufschlag des Mädchens auf den Boden, verzerrte Gesichter, Hilflosigkeit, Mitgefühl, stumpfer Schmerz, hochfrequente Schreie, verbrutzelte Köpfe, das Baby im Feuerkranz. Diesem Wirrwarr ließ sich kein Sinn zuordnen. Nur Verlust. Und die Einlösung eines Versprechens.

»Ich hole einen Spaten und wenn ich dafür um die ganze Welt laufen muss.« Irgendwo links vom Flugzeug hatten die Gebäude gelegen. Nur sah er keine mehr. Der Copilot trank noch etwas Wasser aus der hohlen Hand und beschloss endgültig, demnächst Bitter Lemon zu produzieren. Danach machte sich auf den Weg dorthin, wo eigentlich die Terminals stehen mussten. Die Oberfläche des Feldes war nicht glatt, sie erinnerte ihn an Interferenzen. Völlig unsystematisch reihte sich trockener an nassen Boden, gefährlich rutschige Flächen an Moorboden, der einen einsaugen wollte, Sand an Steine, Beton an Mutterboden. Diese Miniflächen kippten mal nach links, nach rechts, wölbten sich, glichen Suppentellern. Daniel Murray dachte darüber nach, ob das Gelände nach mathematischem Zufallsprinzip entstanden war. Würde ein Computer nach der Eingabe aller Oberflächendaten feststellen, dass dieses absolute Chaos statistisch exakt Null ergibt? »Ich tippe auf JA! Wenn ich verliere, stifte ich die ersten hundert Flaschen Bitter Lemon für die Pfadfinder in unserem Ort!«

Im Storchengang mühte er sich über das Feld und kam nur quälend langsam voran. »Sollte ich besser joggen?«, fragte er sich. »Gehen, Spazieren, Schlendern konnte ich noch nie ab. Der Schnellste erreicht das Ziel als erster. Das wusste ich schon als Kind. Bei jedem Wettlauf erreichte ich die Eltern vor meinen Brüdern. Die wollen seit Jahren nichts mehr von mir wissen. Verdammt! Ich war zu schnell.« Musste er wirklich heute schon seine Lebensbilanz ziehen? War das nicht voreilig? Es ging darum, einen Spaten zu finden! In der Ferne sah er eine große Metallplatte, die einen Fuß über das normale Feld ragte. Kurz darauf stand er auf der Platte und sah sich gründlich um. Zwei Objekte fanden seine Beachtung. Auf elf Uhr sah er so etwas wie einen großen blauen Koffer, auf 14 Uhr eine rote Wagentür. Vielleicht lag da ein Wagen der Flughafen-Feuerwehr?

»Zur Feuerwehr gehören Spaten«, sagte er sich und erreichte nach 429 Storchenschritten die Wagentür. Das auflackierte Symbol war eindeutig. Das Strahlrohr eines Feuerwehrschlauchs kreuzte sich mit einem Beil. Daniel Murray sah sich enttäuscht um. Hier lag nur die Tür. Der Rest des Wagens war wohl weiter gefahren. Daniel Murray suchte die Gegend syematisch ab. Aber vergeblich! Er fand wohl ein halbes Buch, gedruckt in einer für ihn unlesbaren Schrift, den Absatz eines Highheels, eine zerbrochene Champagnerflasche und einen Jackenärmel, in dem der Arm noch stecken musste. Das sah er sich nicht näher an. Leider ließ sich nichts finden, was zum Feuerwehrwagen gehörte.

Als er sich enttäuscht auf den Weg zum blauen Koffer machen wollte, kam ihm die Idee, die Tür einmal umzudrehen. »Vielleicht liegt etwas unter der Tür, oder es wurde an der Innenseite der Tür Werkzeug angebracht. Damit es gleich griffbereit ist.« Die Tür schien am Boden festgeklebt zu sein. Vergeblich zerrte er an allen vier Seiten. Daniel Murray zog Jacke und Oberhemd aus und machte sich daran, die Tür freizugraben. Wann hatte er zuletzt im Sandkasten gebuddelt? Zu seinem Erstaunen kam er schnell voran und hatte die Tür bald an zwei Seiten um eine Armlänge freigelegt. An einer Stelle konnte er die zweite Seite nicht ganz freiräumen. In 30 Zentimetern Abstand vom Türrand befand sich ein großer runder Stein. Daniel Murray entfernte so gut er konnte alle Erde um den Stein.

Schließlich stand er auf und versuchte wieder, die Tür anzuheben und umzudrehen. Unten klebte Lehm an der Tür. Er sorgte für zusätzliches Gewicht, aber es gab das Hebelgesetz und er war ein kräftiger Mann. Mit großem Schwung klappte die Innenseite herum.

Voller Freude führte Daniel Murray einen großen Indianertanz auf! In der Innenseite der Tür waren ein Beil, eine Eisenschere und ein Klappspaten befestigt. Er konnte sein Glück nicht fassen. In der Tür steckte sogar noch ein breiter

Hosengürtel mit Schnallen für die drei Werkzeuge. Heute spielte er also nicht nur im Sandkasten, sondern auch noch Feuerwehrmann. Zuerst musste er Teile der Werkzeuge und des Gürtels von der Lehmpaste befreien, die an ihnen klebte. Der Gürtel passte ihm, die Werkzeuge waren im Nu befestigt.

Gerade als er wieder zum Flieger gehen wollte, sah er auf den Boden, den die Tür verdeckt hatte. Der Stein, um den herum er die Erde entfernt hatte, war auffällig weiß. Der Copilot stellte bei seiner Untersuchung fest, dass es sich um einen skalpierten Kopf handelte. Daniel Murrays Blut pochte mit roher Gewalt in Hals und Kopf. Schwindel packte ihn. Er schloss kurz die Augen, löste den Spaten, drehte den Griff herum und ließ ihn einrasten. Dann schaufelte er ein kleines Grab.

12.08 h, Sophienallee, Hamburg

Staub. Überall. In den Ohren, der Nase, dem Mund. Die Augen brannten. Gritt Habber öffnete sie immer nur kurz und einen ganz kleinen Spalt. Eine Taucherbrille wäre jetzt ideal. Aber sie hatte nicht einmal ein Tuch gefunden, um ihren Kopf vor Staub zu schützen. Das Smartphone gab nichts mehr von sich. Der Akku war leer. Es gab es keine Möglichkeit zum Aufladen. Vielleicht war aber auch zu viel Staub ins Smartphone gedrungen, sodass seine feinen Schaltungen blockierten. Jetzt konnte sie dieser Bitch von Hanne nicht mehr ihre Meinung mitteilen. Die sollte ihren Kevin im Kopf wegräumen.

Morgen würde sie Hanne in Stücke reißen, in viele einzelne

Stücke. Morgen in der Schule. Heute würde sie nicht zur Schule gehen. Wie konnte sie sich jetzt erst einmal mit Marga in Verbindung setzen? Sie musste zur Eduardstraße gehen, wo Marga wohnte. Das war von der Sophienallee aus kein weiter Weg. Aber war das hier überhaupt die Sophienallee? Da lag ein halbes Bushaltestellenschild, total verbogen. Also musste hier die große Kreuzung sein. Zimt und Zackzack! Morgen konnte sie Hanne gar nicht einstampfen! Morgen war Samstag, also keine Schule. Voller Wut fauchte Gritt Habber: »Hexe Hanne, glaube ja nicht, dass du mir entkommst!«

Aber jetzt musste sie zu Marga. Nur mit Marga ließ sich diese schwarze Story noch ertragen. In der Eduardstraße war bestimmt alles heil geblieben. Marga war ein Glückskind. Wer gewann bei der Straßentombola immer die tollsten Preise? Marga! Gritt Habber musste unbedingt zu ihr. Aber in welcher Richtung lag die Eduardstaße? Wie konnte Gritt Habber sich orientieren?

Alles war flach, staubig und grau wie der Himmel. »Vielleicht kann ich eine kleine Pyramide bauen? Dann weiß ich immer, dass hier die große Keuzung liegt.« Der Durst wurde quälender. Sie wischte ihren Daumen am Unterhemd ab. Das machte nicht viel Sinn. Der Staub hatte sich bis zum Unterhemd vorgearbeitet. Sie pustete den Daumen ab, steckte ihn in den Mund und begann zu saugen. »Ja, Mami, so werden meine Zähne noch schiefer. Aber soll ich denn verdursten?« Sie sah sich um. Wenn es ihr gelang, einen Steinhaufen auf einen Meter Höhe zu schichten, den würde sie noch in weiter Entfernung sehen.

Es sei denn, diese Staubwolken trieben wieder ihr Unwesen. Wo waren die Verkehrszeichen hin? Nirgendwo war ein Stock oder ein Pfahl zu sehen. Ein Pfahl, den sie irgendwie aufrichten konnte. Pfähle, mit denen sie den Weg zu Marga markieren konnte. So wie im Wattgebiet Wege markiert wurden. Gritt lachte in sich hinein: »Der Hanne baute ich mit Pfählen einen Irrweg. Am besten zum Güterbahnhof. Da kann sie sich auf einen Container zum Nordkap setzen und am Polarkreis erfrieren. Oder von einem Eisbären gefressen werden. Nur wird Hanne dem nicht schmecken.«

Gritt Habber musste urinieren. Unbekümmert zog sie die Hosen herunter und ging in die Hocke. Sie hatte sich nicht einmal umgesehen, ob irgendwo ein Mensch war, der ihr zusehen konnte. Es gab keine Menschen mehr, nur noch Staub. Aber der Bus kam hier alle 30 Minuten vorbei. »Die Busse fahren wirklich zuverlässig«, sagten ihr Eltern immer. Letztes Jahr hatte Gritt zu Marga gesagt, sie sei so zuverlässig wie die Sophien-Busse. Das hatte sie ihr dann erklären müssen. Seitdem nutzte die ganze Klasse den Ausdruck *Zuverlässig wie ein Sophien-Bus.*

Gritt begann nach Pfählen zu suchen, fand aber keinen Pfahl, nicht einmal einen Stock. Also doch Steine aufschichten? Wäre jetzt Norman aus ihrer Klasse da. Der war hässlich wie Schiet, aber Kraft hatte er. Sie stellte das Daumenlutschen ein, suchte Steine, schichtete sie auf. Irgendwann reichte ihre Minipyramide einen halben Meter hoch. Sie brach die Arbeit ab, um weiter zu lutschen. Seltsam, Hunger hatte sie keinen, aber immer wieder Durst. Sie musste weiternuckeln. Gleichzeitig hätte sie sich nach Steinen umsehen können, die für die Pyramide geeignet waren. Aber ihr Blick schweifte immer wieder ins Weite ab. Von dort, aus dem Land hinter dem Horizont, wollten Gedanken in ihr Gehirn eindringen. Gritt Habber konnte diese quälenden Ideen nicht zulassen: Keine Mami mehr, keine Marga, keine Stadt, kein Papi, keine Menschen, keine Krankenwagen. Nur dunkle Wolken, ekliger Geruch, Staub, überall Staub. Und Hanne.

In welcher Richtung wohnte Marga? Gritt blieb auf ihrer kleinen Pyramide sitzen. Sie würde auf den Sophien-Bus warten. Der musste jede Minute kommen. Der war doch pünktlich. Immer.

14.56h,
Annenstraße
Hamburg

Sie hatte den Mann bestohlen. Sie, Marina Rofting, die Polizistin Marina Rofting, war eine Diebin. Die Butterbrote schmeckten ihr nicht. Marina Rofting fühlte sich noch dreckiger als die stinkend stickige Luft, die sie einatmen muste. Gestern ein Mord, heute ein Diebstahl. Eine Gesetzeshüterin, die einen absolut wehrlosen Mann bestiehlt. Tiefer konnte sie doch nicht mehr sinken. Gleich heute musste sie ihre Gesetzesverstöße melden, umgehend ihren Dienst quittieren. Heidruns Dienstformel »*Ob du das meldest oder nicht. Deshalb wird in London kein Fenster geöffnet.*« passte diesmal nicht. Beide Vorfälle durften nicht unter den Teppich gekehrt werden. Sie waren zu gravierend.

Der Diebstahl. Konsequent hatte sich ein Schritt aus dem anderen ergeben, mit brutalster Logik. Zwar hat jeder Mensch seine dunklen Seiten. Aber für sie als Polizistin galt die Bindung an das Gesetz. Morgens, kurz nach dem Erwachen sah sie den Mann. Sie hatte Durst, hatte Hunger, hätte gerne geduscht. Krumm und schief hatte sie im Geröll gelegen, sich den Rücken und die Knochen verrenkt. Benommen stand sie im Dunst, da nahm sie eine Bewegung wahr, weit weg, rechts am Horizont. Wirklich! Da bewegte sich etwas, sehr unkoordiniert. War das ein Mensch oder ein Tier? Der

Dunst lichtete sich. Sie sah einen Mann, alt und vermutlich betrunken. Oder verletzt. Er brauchte ihre Hilfe. Also würde sie ihm folgen.

Marina Rofting rief. Der Mann reagierte nicht. Sie benutzte ihre Pfeife. Unbeirrt stolperte er weiter. Sie musste mit ihm sprechen, vergaß Hunger und Durst. Anfangs versuchte sie, möglichst schnell zu gehen, kam dabei aber nur langsam voran. Denn Geröll, Schutt und Abfälle bildeten eine Oberfläche, in der eine Stolperfalle der nächsten folgte. Dazu rutschten selbst größere Brocken plötzlich zur Seite. Der alte Mann bewegte sich schwankend rascher vorwärts als sie. Einmal musste sie die Verfolgung abbrechen, um zu defäkieren. Der Durst wurde quälender.

Sie orientierte sich an der Geschwindigkeit des Schwankenden. Machte er Pause, haute sie sich irgendwo ins Gelände. Inzwischen fanden sich in dieser wüsten Ebene ein paar Orientierungspunkte. Sie machte links vorn einen Türrahmen aus, der ohne Wand herumstand und hart rechts an einen halben Lkw-Reifen. Die Strecke, die der Mann wählte, verblüffte sie. Irgendwie gelang es ihm, stur geradeaus zu laufen, und das trotz seines Hin-und-her-Wankens. Orientierte er sich an einem Kompass?

Endlich ließen seine Kräfte nach, denn er kam merklich langsamer voran. Marina Rofting war so nah hinter ihm, dass er auf ihr Rufen reagieren musste. »Hallo, können Sie bitte warten? Ich bin Marina Rofting von der Polizei!«, rief sie. Aber sie hätte genausogut mit dem Türrahmen sprechen können. Warum hörte er nicht? Sie war doch nur zehn Schritte hinter ihm. Er trug einen kleinen Rucksack, beide Riemen hatte er über die linke Schulter gestreift. Wieder rief sie, dass er bitte stehen bleiben solle.

Doch der Mann bewegte sich stur weiter. Ein richtiges Gehen war das nicht. Keine seiner Bewegungen war normal. Wenn er einen Fuß vorwärts setzte, hob er ihn sanft vom Boden, bewegte ihn tastend über die Oberfläche, setzte vorsichtig auf, belastete ihn nach und nach. Das ganze wiederholte er mit dem anderen Fuß, wechselte wie eine Maschine Stand- und Spielbein, in gleichmäßigem Takt, ließ sich durch nichts ablenken. Gleichzeitig wankte sein Oberkörper wie ein Schiff mal nach links, mal nach rechts. Ab und zu auch nach vorn und hinten. Die Arme vollzogen dabei groteske Bewegungen. Immer wieder drohte dem Mann der Rucksack von der Schulter zu rutschen. Geduldig schob er ihn wieder in die richtige Position.

»Ist der Mann sturzbetrunken? Ich helfe ihm!« Welches war das nächste Krankenhaus? Sie mussten sich im Bereich von St. Pauli befinden. Sie rief 112, um zu fragen, welches Krankenhaus sie mit ihm aufsuchen sollte. Aber 112 schwieg. »Die sollten mal bald wieder auf Sendung gehen!«, ärgerte Marina Rofting sich. Sie sollte auch mitteilen, dass der Verletzte einen außergewöhnlichen Orientierungssinn hatte. Den ganzen Vormittag torkelte er ohne wirkliche Orientierungspunkte über diese Fläche. Aber wenn sie das richtig einschätzte, ging er konsequent eine schnurgerade Strecke. Wie gelang ihm das nur?

Endlich erreichte sie den Mann, sprach ihn von der Seite her an: »Hallo, bleiben Sie bittte stehen. Ich bin Marina Rofting von der Polizei.« Das Sprechen machte Mühe. Ihr Mund war trocken. Trotzig trottete er weiter. Jetzt wurde sie sauer! Sie überholte den Mann zügig und stellte sich ihm in den Weg. »Guten Tag!« Der alte Mann blieb stehen. Sie erschrak. Sein Kopf wies eine klaffende Wunde auf. Über der Stirn, genau am rechten Haaransatz, befand sich eine kreisrunde Blutkruste, die nur teilweise hart war. Blut sickerte herunter, über die rechte Gesichtshälfte, den Hals, die Kleidung. Der Mann hatte unsystematisch den Kopf abgewischt. Seine rechte Augenhöhle glich einem Blutklumpen, nur ein Teil der Pupille war zu erahnen. Sein linkes Auge sah in eine ganz andere Richtung.

Marina Rofting wandte sich panisch ab. Sie konnte nicht in das teilweise entstellte Gesicht des Mannes sehen. Hatte er dazu noch einen Silberblick oder war er blind? Taub musste er ja sein. Sonst hätte er sie doch gehört, als sie direkt hinter und neben ihm war. Der Mann lallte etwas Unverständliches. Es klang freundlich. Sie drehte sich um. Er ließ sich vorsichtig nieder. Sie hielt ihn an den Schultern fest, damit er nicht wegkippte. Mit einem zufriedenen Seufzer setzte er sich und griff zu seinem Rucksack, holte eine Thermoskanne heraus und trank einen kleinen Schluck.

In diesem Moment tauschen sie ihre Rollen. Eigentlich wollte Marina Rofting ihm helfen. Aber nun war er es, der etwas zu trinken hatte, nicht sie. Der Anblick des Trinkenden trocknete ihren Mund aus, ihre Kehle, ihr Gehirn. »Bitte, darf ich etwas trinken?«, fragte sie flüsternd. »Fehler!«, dachte sie, »Fehler! Er kann mich doch nicht hören!« Dann geschah das Unheimliche. Er blickte sie mit seinem linken Auge an und schwenkte seine Thermoskanne mit kreisenden Bewegungen auf sie zu. Sie fasste die Kanne, und er ließ sie sofort los. Sie trank zwei tiefe Schlucke. »Danke! Vielen Dank.« Sie hielt ihm die Kanne hin. Er griff drei- viermal daneben. Sein Mund artikulierte Worte, tonlos, unhörbar. Sie wollte gerade vorschlagen: »Ich packe die Thermoskanne in ihren Rucksack zurück.« Da gelang es ihm, die Kanne zu greifen. Mit grobem Zittern schloss er die Kanne und steckte sie in seinen Rucksack.

Marina Rofting wartete, bis er den Rucksack zugezogen hatte. Sein Mund zitterte Sätze und Worte. Für kurze Momente konnte sie ihm jetzt ins Gesicht sehen. Leise sprach sie auf ihn ein: »Vielen Dank für den Tee. Er tat mir gut. Ich war so durstig. Danke. Ich bin Polizistin. Ich heiße Marina Rofting und werde Ihnen helfen. Wie heißen Sie? Sein linkes Auge zeigte Aufmerksamkeit. Seine rechte Hand schien sich in Richtung Jacke zu bewegen. »Sie haben Ihren Ausweis in der Jacke? Darf ich nachsehen?« War das ein Nicken? »Ich greife in ihre Jacke und suche nach Ihrem Ausweis!«

Nickte er wieder? Sie interpretierte es so. Schnell griff sie in die innere linke Jackentasche. Die war durch einen Reißverschluss gesichert. Sie zog ein Portemonee heraus. Es enthielt 90 Euro in Scheinen, einige Münzen, das Hamburger Touristen-Wochen-Ticket, seinen Ausweis und zwei gleichlautende laminierte Zettel im Card-Format:

> *Falls sie meinen Mann Otwald Luttebaum, Waldsaum 77, 21423 Winsen an der Luhe, orientierungslos auffinden sollten, benachrichtigen Sie mich bitte. Gisa Luttebaum T 04171 778899 , Handy 0123 440550660. Falls Sie mich nicht erreichen, benachrichtigen Sie bitte das Diakonische Werk Winsen an der Luhe, T 04171 444555.*

Eine Nummer außerhalb Hamburgs anrufen! Das war doch die Idee. Endlich wieder funktionierende Telefone! Sie tippte sofort Frau Luttebaums Telefonnummer ein. Keine Verbindung. Weder zu dieser noch zu den beiden anderen Nummern.

»Herr Luttebaum, Ihre Frau ist nicht erreichbar. Auch das Diakonische Werk nicht. Warten Sie noch etwas, dann rufe ich erneut an. Wollen Sie ins nächste Krankenhaus? Wir können auch zum Hauptbahnhof gehen. Da gibt es eine Stube, wo sie auf Ihre Frau warten können.« Fehler! Den Hauptbahnhof gab es nicht mehr. Obwohl, der konnte doch nicht weg sein, auch nicht das Rathaus und das Polizeipräsidium. Nun, morgen würde Hamburg wieder stehen. Da war sie sich völlig sicher. Herr Luttebaum ging nicht auf ihren Vorschlag ein. Er rappelte sich auf, zog den Rucksack über die linke Schulter und tapperte weiter.

»Herr Luttebaum, bitte warten Sie. Ich versuche noch einmal, ihre Frau Gisa Luttebaum zu erreichen.« Herr Luttebaum blieb stehen, setzte den Rucksack ab. Er hatte ihn nicht richtig verschlossen. Wieder zwang sie sich, in sein Gesicht sehen. Wieder erreichte sie niemanden in Winsen. Sie wählte jede Nummer zweimal. Zwecklos. Die halten da so lange Mittagsschlaf! Bevor sie Herrn Luttebaum mitteilte, dass sie niemanden erreicht hatte, griff sie nach seinem Rucksack, um ihn zu verschließen. Da sah sie *zwei Thermoskannen und drei Packungen Butterbrot!* Sie griff sich blitzschnell eine Thermoskanne und eine der drei Packungen. Beides verschwand in ihrer Uniformjacke. Hatte Herr Luttebaum ihren Bewegugnen überhaupt folgen können? Sie verschloss den Rucksack und gab ihn Herrn Luttebaum. Er packte den Rucksack über seine linke Schulter, drehte sich um und folgte seinem geheimnisvollen Wegweiser.»Auf Wiedersehen, Herr Luttebaum. Alles Gute. Ich werde versuchen, ihre Frau zu erreichen.« Während sie so laut wie möglich sprach und ihm nachsah, war er schon zehn kurze Schritte weiter gestolpert.

Mit einem Mal strömten Tränen über ihr Gesicht. In London wurde in Fenster geöffnet. Sie hatte einen hilflosen Menschen bestohlen. Was hatte sie nur veranlasst, gegen simple Gesetze zu verstoßen? Sie als Hüterin des Gesetzes? Aber sie musste doch auch leben! Sollte sie verdursten und verhungern? Er hatte wirklich genug Nahrung für die nächsten beiden Tage.

War das begangene Unrecht kein Unrecht? Galten jetzt andere Gesetze? Marina Rofting strich mit ihren Händen duch die fettigen Haare. Immer wieder. Da hinten konnte sie noch den Türrahmen erahnen, vom halben Autoreifen war nichts mehr zu sehen. Es konnte *nicht* sein! Es konnte nicht sein, dass es kein Hamburg mehr gab, keine Hamburger Polizei und keine Gesetze mehr. Das konnte nicht sein. Vielleicht 300 Schritt entfernt torkelte der alte Mann seinen Weg. »Und wohin soll ich gehen?«, fragte sie sich.

15.16 h, Fruchtalle, Hamburg

»Versuchen wir, an Essen zu kommen, Berit.« Was hatte in der nächsten Regalreihe gelegen? Nudeln? Marmelade? Obstkonserven? Egal, Hauptsache, es füllte den Magen. Leider trennte eine Mauer aus Steinbrocken ihr Wasserschloss vom Schlaraffenland. Sie brauchten eine Tür. Ein Türchen täte es auch oder ein Fenster. Wie fest war die Mauer? Einige Brocken ließen sich lockern und entfernen! Es brauchte seine Zeit, kostete Blut und viele Schrammen, dann sah Fiona Sandhoff im Halbdunkel das nächste Regal: »Kekse und Muffins, Berit!« Sie hatte Hunger, Berit hatte Hunger. Birger war mit der wenigen Milch aus ihren Brüsten immer noch zufrieden. Aber sie wusste, dass es zu bald zu wenig für ihn würde.

Verdursten würden sie nicht, aber in einigen Tagen würden sie verhungern. Die Lücke zur nächsten Regalreihe war lang und zu schmal. Da passte gerade ihr Arm durch. Mit einem langen Stock könnte sie vielleicht Packungen aufspießen. Ob es ihr anschließend gelingen würde, die Packungen in ihren Gang zu ziehen? »Lass uns einen Stock suchen, Berit.« Sie suchten gründlich. Das längste, was sie fanden, war ein vierzig Zentimeter langer Knochen mit Resten von Fleisch und Blut.

»Mama, was ist das?« – »Ach, Berit, das ist der Knochen einer Kuh.« Fiona Sandhoff tippte eher auf einen menschlichen Oberschenkelknochen. Darüber schwieg sie. Die beiden nahmen ihre Beute mit. Aber selbst mit Hilfe des Knochens ließ sich kein Stein in der Lücke bewegen. Gab es eine andere Lösung? Um nachzudenken, ging Fiona Sandhoff mit Birger nach draußen, setzte sich unter den aschgrauen Himmel und bot Birger die karge Milchration an. Birger sah sie mehr aufmerksam als zufrieden an. So kannte sie ihn bisher nicht. Die Situation brachte selbst ihn aus dem Gleichgewicht. »Ärgerst du dich auch über den Staub, Birger? Ich wasche dir unten in unserem Wasserschloss den Kopf und die Hände!«

Als sie das Wasserschloss betrat, war Berit verschwunden. Aber sie hörte ihre Tochter doch jammern! Wo war sie nur? Ihre Schuhe standen mitten im Raum. Fiona Sandhoff rief: »Berit!« In der Mauer knackte es. Sie achtete nicht darauf. Sie musste Berit finden. Als es wieder knackte, sah sie zur Mauer und wurde kalkweiß: »BERIT!« Die Füße ihrer Tochter ragten aus der Mauerlücke. Berit hatte sich mit aller Gewalt in das kleine Loch in Richtung Nebengang gezwängt. »Berit, ich bin da.« – »Mama, zieh mich raus. Die Steine halten mich fest. Ich kann mich nicht bewegen!« – »Berit, dann muss ich dir wehtun. Ist es besser, wenn ich dich nach vorne schiebe?« – »Nein, mein Kopf ist eingemauert, mit dem Arm und dem Knochen.« – »Kannst du den Arm nicht zurückziehen?« – »Bitte, Mama, zieh! Mein Kopf platzt!«

Sie fasste Berits Fußgelenke und zog. Einen Zentimeter, zwei. »Zieh stärker, Mama!« Sie zog fester. Berit schrie: »Mama, mein Kopf ist eingemauert.« Fiona Sandhoff zog ruckartig an. Berits Körper löste sich aus der Umklammerung. Ihr Jammern mischte sich mit dem Geräusch zerreißender Kleidung. Endlich hielt Fiona Sandhoff ihre Tochter in den Armen. Blut floß, viel Blut. An Bauch und Oberkörper gab es einige Schnittwunden, das rechte Ohr war aufgerissen, auch die rechte Wange. Dagegen waren die Augen heil und die Nase. Das Kinn blutete stark. Aber konnte dieser Blutschwall allein vom Kinn und vom Ohr kommen? Sie tastete Berit ab. Und verlor ihre Fassung.

Wo war Berits rechter Arm? *Er fehlte!* »Berit«, schrie sie auf, »Berit!« Sie versuchte die Blutung zu stoppen, indem sie ihre Hand in die Schulter presste. Berits Augen wurden trüber. Ihr Kinn bewegte sich, aber sie konnte nicht mehr sprechen. Blut rann aus der Wunde, warm und unerbittlich. Berits Körper zuckte, bebte, zitterte. Plötzlich schlief Berit. Es brauchte viel Zeit, bis Fiona Sandhoff begriff, dass Berit für immer schlief.

»Berit! Oh! BERIT!!« Fiona Sandhoff schrie so laut, das Birger protestierte, lautstark quäkend. Sie achtete nicht auf ihn, eilte mit Berit nach draußen und rief: »Hilfe! Hilfe! Hilfe!« Sie flog dem Notarzt entgegen, hörte die Sirene des Feuerwehrwagens, lief zweihundert, dreihundert Meter weit mit ihrer Tochter, achtete nicht auf die Menschen links und rechts, stürzte auf Bennet zu, der dort mit ihren Eltern am U-Bahnhof Christuskirche auf sie wartete, mit einem großen Erste-Hilfe-Koffer.

Ein heftiger Krampf im Unterschenkel stoppte ihren Lauf. Sie kniete sich hin, hielt Berit fest, setzte sie in ihren Schoss und massierte den Unterschenkel. Der Schmerz war entsetzlich, der Muskel hatte sich zu einem festen Paket zusammengezogen. Irgendwie konnte sie es aufschnüren. Als Fiona Sandhoff wieder hochsah, waren Bennet und ihre Eltern einfach fortgegangen, auch alle anderen Menschen. Der Notarztwagen und der Mannschaftswagen der Feuerwehr waren zum nächsten Einsatzort geeilt. Der Rückweg war eine Tortur. Das linke Bein schmerzte bei jedem Schritt. Alle fünf Meter musste sie eine Pause machen. Berits Körper wurde immer kälter und weißer. Die letzten Tropfen Blut schienen verloren. Berit wog nicht mehr als eine Feder. »Wenn ich sie in den Himmel werfe, wird sie wie ein Schmetterling in den Himmel fliegen.«

Sie hörte ungewohnte Schreie. Das musste Birger sein. Fiona Borghoff ging zum Schacht und ließ Berit hinabgleiten zu ihrem Bruder Barnd. Sie sah, wie der kleine süße Engel nach unten schwebte und sich direkt neben Barnd legte.

»Warum spielst du mit uns, Tod?«, fragte sie leise. Birger, ihr Liebling. Er sollte leben, selbst wenn es ihr Leben kostete.

16.41 h,
Willebrandstraße,
Hamburg

Gina Adler steckte zum vierten Mal ein Zweieurostück in das Münzfach des Getränkeautomaten. Auch diese Münze wurde eingezogen, rollte hörbar den Schacht hinunter, verschwand im Minitresor. Sie hatte mehrfach auf das Wahlfeld *Stilles Mineralwasser* gedrückt und wiederholte es jetzt. Aber der Automat hielt sein Versprechen auf *köstliche Durstlöscher* nicht, gab keine einzige Dose frei. »Du Verräter!«, brüllte Gina Adler. Immerhin, gleich neben ihm hatte sie eine noch halbvolle Dose Eistee gefunden. Sie trank den Rest in einem Zug leer.

Das half ihr, wieder klar zu kommen. Bis dahin war ihr Mund ausgetrocknet gewesen, die Zunge klebte fest am Gaumen. Sie war logisch vorgegangen, hatte den Automaten brav mit Münzen gefüttert. Aber dieser Teichpirat behielt das Geld, ohne die versprochenen Gegenleistungen auszuspucken. »Hast du auch auf die leuchtenden Wunschfelder gedrückt?«, fragte Teetje scheinheilig. Sie sprach mit dem Automaten, nannte ihn Teetje. So hieß ihr erster Freund. Der Automat Teetje erläuterte: »Du darfst nur auf die Felder drücken, die leuchten. Deren Ware gebe ich dann frei.« – »Ohne Strom leuchtet keines deiner Felder«, murmelte sie. »Ohne Strom kann ich mich nicht öffnen«, meinte Teetje. »Warum kannst du ohne Strom Geld kassieren?«, fragte sie ihn. »Ich liebe Geld«, antwortete er.

»Jetzt habe ich keine Münzen mehr«, klagte Gina Adler, »nimmst du auch 6.500 Euro in Scheinen?« – »Nein. Keine Scheine!«, weigerte sich Teetje. So saß sie vor ihm und dachte nach: »Wenn alles normal liefe, könnte für 6.500 Euro in Münzen 3250 Dosen aus ihm herausholen. Teetje, mit wie vielen Dosen kann man dich eigentlich befüllen? – 6.500 Euro. Gestern hättest du noch 3.250 Dosen für sie ausgespuckt, Teetje.« – »Ja. Bis gesten um 14 h galten diese Regeln. Jetzt müssen wir über neue verhandeln.« – »Bist du in der Situation, verhandeln zu können?« – »Ich bin ein stabiler Getränke-Automat.« – »Aber du funktionierst nicht mehr. Du schuldest mir vier Getränke-Dosen, für die ich bezahlt habe.«

»Willst du sie dir holen?« – »Ja!« – »Viel Glück. Brich dir nicht die Knochen, schneide dir nicht die Finger.« Sie sah sich Teetje genau an, ruckelte an den Fächern, klopfte die Seiten ab. »Du meinst es also ernst?«, erkundigte sich Teetje. »Durchaus, mein Lieber«, nickte sie. Gina Adler testete, ob sie Teetje umkippen konnte. Ein auf- und abschwellender Sirenenton unterbrach ihre Schläge und Tritte. Sie wich einige Schritte zurück, hielt sich die Ohren zu. Die Sirene verstummte so plötzlich, wie sie begonnen hatte. Teetje besaß also einige Trumpfkarten und Geheimnisse.

»Für den Moment bin ich zwar taub. Aber wenn es noch Menschen in Altona gibt, dann haben sie das gehört und kommen hierher.« Sie ging die schmale Treppe hoch, wartete, sah sich dabei nach allen Seiten um. Kein Mensch kam, um ihr zu helfen. Gab es in der Umgebung Gegenstände, mit denen sie Teetje zu Leibe rücken konnte? »Teetje, das wird jetzt ein Spiel auf Leben und Tod. Du oder ich!«

18.32 h,
Königstraße,
Hamburg

Die Dogge verstand sich gut mit seiner Frau. Aber sie konnte ihm nichts anhaben, solange er die Fernsteuerung in der Hand hielt. Agilhard van Woot hatte hohes Fieber. Er schwitzte und stank. Durst quälte ihn. Er leckte seine salzigen Hände ab. Die Dogge quetschte sich zu ihm in den kleinen Kasten, nahm ihm den Atem und die Besinnung. Er musste die Fernsteuerung beiseite gelegt haben …

Durst. Er zitterte. Er stank. Er klopfte. Er versuchte zu rufen. Aus einem lauten »Hilfe!«-Ruf wurde ein »Hil«-Flüstern.

Er war so schwach, dass er nicht einmal den Kopf richtig drehen konnte. Das Fieber schüttelte ihn. Irgendwo brannte es. Ohne Rauch und ohne Feuer. In Agilhard van Woots Kopf jagten sich Farben, Gefühle, Geräusche, Krämpfe. Er hockte eingeklemmt am Boden, sein zitternder Körper polterte gegen Boden und Wände. Wieder wollte er seine Hände ablecken, aber er konnte die Bewegungen von Händen und Mund nicht mehr koordinieren. »Hil.« »Hil.«

»Hil.« Gisa zog sich an. Hatte er einen Orgasmus? Eine Patientin hauchte ihm ihren Knoblauchatem ins Gesicht. Ihre Nase brannte. Das Feuer übertrug sich auf seinen kleinen entzündeten Finger. Der Durst frass sich in seinen Magen. Er verließ die Praxis und steuerte nachts seine Yacht in Richtung Stromboli. Der Vulkan glühte in den prächtigsten Farben …

Sterben. Er starb. Ein simples Antibiotikum genügte. Rechts in der Schublade. »Frau Zanger, holen Sie es!« Aber da stand nur die Dogge, durstig leckte sie ihn ab. Ihre Zunge ließ seine Haut brennen. Das hohe Fieber konnte den kraftlosen Körper nicht mehr schütteln. »Hil.« Wer hatte da gesprochen? Niemand. Er läutete die Glocke über dem Monte Tamaro. André´ und Dieter verprügelten ihn. Sie waren in der Quarta. Idefix knurrte Spiderman an. Seine Frau *verteidigte ihn* gegen die Dogge! Er lag in ihren Armen. Ihre Nähe, ihr Duft. Unbeschreiblich schön. Frau Zanger legte ihm drei Rezepte zur Unterschrift vor. Er unterschrieb, konnte seine Blicke aber nicht von seiner Frau trennen. Die verwandelte sich in seine Mutter und in seinen Vater …

Plötzlich blitzen einzelne Momente auf, wurden zu Theaterstücken; zu Standbildern, die er stundenlang betrachtete. Die erste Klausur während des Medizinstudiums. Er musste sie wiederholen … Thyras Geburt … Der Unfall, als sich das Auto zweimal überschlug …

128

Allein. Warum war er allein? Sein Leben. Es verließ ihn. Nein, *er verließ es* …

Seit einer halben Stunde hatte er festen Boden unter den Füssen. Karge Steppe und Wüste umgaben ihn. Kein Baum, kein Strauch, kein Feld, keine Wiese. Ab und zu mal Grasbüschel. Auf der zweiten Insel wuchsen eigentlich nur Steine und Erdboden. Er hatte gehofft, irgendetwas von Oldershausen zu erblicken, wenigstens den Kirchturm. Aber hier sah es genau so aus wie drüben, wo bis gestern noch Geesthacht lag. Hatte er sich auf den Weg zur falschen Insel gemacht? Was war, wenn Oldershausen auf keiner Insel lag, sondern mitten im Wasser? Wenn auch Oldershausen zermalmt war? Konnte eine Katastrophe so weit reichen? »Und wenn mein Haus noch im Zentrum der Zerstörung lag?«, überlegte Timo Stulz. Sein Haus, dessen Keller er benötigte, um zu existieren.

Wenn es so düster aussah, musste doch jeder verzweifeln. Zur Krönung des Misserfolgs erreichte sein Handy kein Netz. Timo Stulz konnte zu niemandem Verbindung aufnehmen. Nicht zu seinen Kindern, nicht zu seinen Nachbarn. Er erreichte auch kein Internet, keine TV- oder Radio-Sender, keine Angaben zu Koordinaten. Keine App tat, was sie sollte.

Das Marschland hatte sich völlig verändert, hier trafen sich zwei fremde und feindliche Wüsten. Die nasse bestand aus stinkendem Brackwasser, die trockene aus Staub, Lehm und Geröll. Die Erdwüste war zudem genau so flach wie die Wasserwüste. Über beiden hing eine geschlossene, aschgraue Wolkendecke und ein stickiger Geruch, der Lunge und Gemüt lähmte. Derartige Szenarien hatten sie besprochen, unterschiedlichste mentale Abwehrme-chanismen eingeübt. Aber wem aus ihrer *Aus-Alt-wird-Neu-Gruppe* würde diese destruktive Wucht nicht zu schaffen machen? Dorle Marxen vielleicht. Ja, Dorle würde diese Atmosphäre wegstecken können.

Die letzten anderhalb Tage lasteten auf Timo Stulz so schwer wie der Tod seines Vaters. Der starb Anfang Mai. Nicht unerwartet. Seit einem halben Jahr folgte ein Schlaganfall folgte dem nächsten. Jeden dritten Tag besuchte er seinen Vater im Krankenhaus, sah, wie er immer weniger Mensch wurde. Als schließlich der finale Anruf des Krankenhauses kam, stürzte ihn das ins Leere. Sein Vater, der konnte doch *nicht* sterben. Timo Stulz stürzte in ein Vakuum. Alle Sicherheit zerfloss in der Gegenwart des Todes. Ein wichtiges, entscheidendes Spiel war verloren.

Jetzt, genau jetzt, steckte er in dem gleichen Gefühlswusel, umgeben von einem düsteren und unbekannten Universum. »SCHLUSS MIT LUSTIG!« Timo Stulz ging in die Knie, berührte mit seinen Händen den Boden. Seine linke Hand umklammerte einen Stein, seine rechte griff in den Erdboden. Er schloss die Augen, atmete eine Ewigkeit langsam aus und ein, öffnete die Augen, sah lange ins Weite, schloss die Augen, verharrte so, weiter tief ein- und ausatmend. Der auf ihn lastende Druck sank, er beobachtete sich von außen, von schräg oben, sah sein Gesicht, das sich langsam entspannte. Damals, während der erdrückenden Trauer um seinen Vater, gelang es ihm nach und nach, die Welt um sich herum neu zu ordnen.

Heute würde er auch in diesem Labyrinth seinen Platz finden. Schließlich war er ein Prepper, durch und durch ein

Prepper. Jahrelang hatte er sich vorbereitet. »Ich erobere die Welt. Sie wartet darauf!« Timo Stulz löste seine Hände vom Boden und erhob sich. Zuerst galt es, den Stützpunkt zu erreichen. Jahrelang hatte er den Keller seines Hauses für mögliche Katastrophenfälle ausgebaut. Dort musste er hin.

Er machte sich auf den Weg in Richtung Oldershausen. Ein zylinderförmiger Körper fiel ihm auf. Der ragte hoch über Erd- und Steinklumpen hinaus. Um dorthin zu gelangen, musste er von seiner Wegrichtung abweichen, von Süden nach Westen. Nun, einen Versuch war es wert. Er brauchte eine Viertelstunde. Das Objekt war wirklich interessant, der Weg konnte sich gelohnt haben. Es hatte einen Durchmesser von vielleicht 30 Zentimetern und eine grau-weiße Hülle. Ein Baumstamm? »Wenn das keine Attrappe ist, muss es eine Birke sein.« Schließlich berührte er einen leicht wackelnden Birkenstamm. In drei Meter Höhe war der Stamm abgebrochen, der obere Teil des Baumes fehlte. Er war einfach weg.

»Survivial-Training. Erster Tag, Lektion Trinken: Birkenrinde aufschneiden, eine kleine Rinne ziehen und geduldig Flüssigkeit sammeln.« Er trank die Birkentropfen. Das Holzaroma war unverkennbar, aber die Flüssigkeit war genießbar und er musste sich um ihre Qualität keine Sorgen machen. Timo Stulz genoss den Moment. Für diesen Augenblick reichte der Birkenstamm. Aber um leben zu können, brauchte er schon eine Birkenallee.

»Das ist ja die Kurzsichtigkeit der Survivial-Szene. Die glauben ernsthaft, in der Wildnis überleben zu können, wenn sie erfolgreich eine Birke anzapften. Danach ist ihre Trainingseinheit auch schon zu Ende und sie kehren in ihr normales Leben zurück. Survivial-Training ist nur Spiel. Wir Prepper denken weiter.« Prepper sein hieß, sich systematisch zu wappnen für die Zeit nach einer Katastrophe, nach dem Kollaps der zivilisierten Welt. Das Ende konnte schnell eintreten. Da genügten drei Tage Zusammenbruch der landesweiten Stromnetze. Es musste einer kleinen Gruppe von Hackern nur gelingen, die digitale Kommunikation eines Landes auf zehn Prozent ihres normalen Volumens zu drücken. Oder alle digitalen Gedächtnisse, jede Cloud zu löschen. Wie würden die Menschen ohne elektrische Geräte leben, ohne die gewohnten Möglichkeiten der Kommunikation? Prepper bereiten sich systematisch darauf vor, richten Häuser so ein, dass sie ohne Kühlschränke leben können, ohne Heizungen, ohne Mikrowellen und Elektroherde. So lebten die Menschen tausende von Jahren, so können sie auch weiterhin leben. Man muss nur wissen, wie. Prepper können sich selbst die Zähne ziehen oder Wasser aus Pfützen zu Trinkwasser filtern und aufbereiten.

Timo Stulz lachte über Leute, die ein oder zwei Survivial-Einheiten mitgemacht hatten. Die wollten nur Erlebnisse abhaken. Einmal Bungeejumping, einmal Rafting, einmal Survivial-Camp. Irgendwie erinnerten sie ihn an jene Touristen, die durch Hamburg hasteten, je ein Selfie vor Elbphilharmonie, Fischhalle und Michel machten. Gleich ins Netz damit. Ihre Freunde sollten teilhaben. »Diese Armen sehen zwar, aber nur die Hülle und nicht den Kern. Denen ist es gleich, ob da ein Feuerlöscher in der Vitrine steht oder eine Kaiserkrone. Die eilen zum nächsten Höhepunkt, ohne sich bewusst zu sein, auf welchem Gipfel sie gerade standen.«

Aus ähnlich kurzsichtigem Denken hielten auch 499 von 500 Personen Prepper für Spinner. »Es wird keine Katastrophe geben.« – »Ich werde keine Katastrophe erleben.« – »Wie will man sich denn auf Katastrophen vorbereiten?« – Ganz einfach. Man überlegte, welche Herausforderungen ein Tusnami mit sich brachte, ein Erdbeben oder der Ausfall von Trinkwasser und Strom und bereitete sich darauf vor.

Der graue Himmel teilte sich in eine dunkle und eine helle Hälfte. Dort hinten, im Westen, musste die Sonne noch knapp über dem Horizont stehen. »Ich habe noch eine halbe Stunde Zeit, mir ein Nachtlager einzurichten. Morgen Vormittag erreiche ich Oldershausen und *Pharao*. Mit ihm an meiner Seite überprüfe ich die Vorräte und dass Material. Dann gibt es, alles einzurichten für das Leben nach diesem Zeitsprung. Für ein Leben in ganz anderen Dimensionen.

Samstag, 3. Juli

Wieder geriet Gritt Habber in eine dichte Wolke feinen Staubs. Sie blieb stehen, schloss sofort ihre Augen, wartete ab, öffnete ihre Augenlider vorsichtig und wurde für hre Neugier bestraft. 100 Gramm Nanostaub drangen in ihre Augen. Seit gestern Abend quälte sie der Durst. »Verflixt, es ist zwecklos, am Daumen zu lutschen. Der Mund bleibt pulvertrocken. Hannehexe! Das Luder hat einen Kevin im Kopf! Auf welche Müllhalde hat es mich gezaubert? Wenn ich Hanne sehe, ich reiße ihr die Haare büschelweise aus. In welchem Land stecke ich hier? Wie komme ich zurück nach Hamburg? Mami, Papi, meldet euch doch endlich. Schickt eine SMS.

Dieser Durst. Gestern stolperte ich wenigstens noch über die Trinkflasche mit den drei Schluck Glibberlutsch. Heute sah ich seit dem Aufwachen nur Staub. Vermutlich haben die grauen Wolken über mir auch nur Sand geladen. Behaltet euren Staub! Ich schüttle jetzt den feinen Dreck aus meinen Haaren und hänge mir das T-Shirt über den Kopf. Danach kann mich kein Staub mehr besuchen.

Wenn Hanne mich so sieht, hat sie sofort ein Sex-Foto für Instagram. Gritt Habber im BH. Zum Glück kann Hanne ihr Smartphone auch nicht mehr aufladen. So, mein Kopf ist jetzt fast staubfrei, nun das T-Shirt aus, ausschütteln und rasch über den Kopf ziehen. Uncool, wie ich jetzt aussehe. Denk nicht dran. Doch. Natürlich. Ich sehe aus wie eine

Rotzfahne. Mein linker Slipper. Wo ist der? Genau, der ging gestern kaputt, als sich mein Fuß zwischen Blöcken einklemmte. Vielleicht muss ich nur da wieder hin und der Slipper ist in Ordnung?

Ich war so so wütend, als die Steine den Fuß einklemmten. Der Druck, der Ratscher an der Haut. Schrecklich. Hannehexe! Die gönnt mir das hier. Mami, Papi, wo seid ihr? Ich brauche euch! Aber hier ist niemand. Niemand! Kein Mensch, Feuerwehrmann, Polizist oder Bus, keine Sozialarbeiterin, Marga, Lehrerin, Rektorin oder Klasse 10a. Bisher sah ich nicht einmal Hanne. Aber ihr Skunk-Geruch ist da! STAUBWELT! Magische Kraft sandte mich nach Müllstaubwelt. Die besteht nur aus Steinen, Müllresten und Staub.

Wenn das hier Hamburg ist, wo sind die Elbe, der Hafen, die Alster? Irgendwo muss Wasser sein. Fließt seit zwei Tagen nur Staub durch die Flussbetten? Lohnt es sich, nach Wasser zu suchen? Ich will nicht sterben. Aber ich werde sterben. Noch heute. Der Durst tötet mich. Warum kommt Marga nicht und hilft mir? Aufstehen. Mami, Papi, ruft doch, dass ich aufstehen soll. Frau Brendt, treten Sie mir in den Hintern, sagen Sie mir, dass ich mich bewegen muss. Das ist ihre Aufgabe als Sportlehrerin. Der ausgetrocknete Mund, die trockene Haut. Glibberlutsch! Bringt mir Glibberlutsch! Ich kann nicht aufstehen, mir ist schwindelig. Ich muss mich hinlegen. Unbedingt. Hinlegen …«

Als Gritt Habber wieder zu sich kam, steckte sie beide Daumen in den ausgedörrten Mund und massierte mit ihnen die trockene Zunge. »Noch einmal einen Pudding jodeln!« Ihre Hände stanken nach Urin. Ebenso ihre Arme, ihr ganzer Körper. Gritt Habber gab sich keine Chancen in Staubwelt: »Entweder ich bleibe sitzen und sterbe hier, oder ich mache mich auf den Weg und sterbe woanders.«

Mitten in dieser terra incognita lag Fundstück eins. Ein solides Kästchen, rote Farbe, große weiße Zahl 3. Timo Stulz hob es auf, wischte den Staub ab. Ja! Dieses Kästchen gehörte zu seinem Prepper-Material. Aber es hatte doch mit dem weiteren Material im unteren Keller gelagert, zwei Meter unter dem Bodenniveau, feuer-, wasser- und bombensicher. Wie kam es an die Oberfläche? Er öffnete es. Rot, die Farbe für Hygiene und Gesundheit. Das Inhaltsverzeichnis im Deckel wies *500 Pflaster für kleine Wunden* aus. Der Inhalt war vollständig, alle Pflaster noch steril eingeschweißt.

Bestürzt nahm er auf einem Betonklotz Platz. Wie war es Einbrechern gelungen, seinen geheimen unteren Keller zu finden? Wie hatten sie die feuerfeste Stahltür aufgebrochen? Und wenn es den Keller nicht mehr gab? War das hier überhaupt Oldershausen? Er sah sich in alle Richtungen um. Hier gab es nichts Vertrautes, keine Häuser, keine Zäune, keine Schaukeln und Trampolinanlagen. Die 25 Obstbäume seiner Nachbarin, die große Garage mit den beiden Kleinlastern des Elektroinstallateurs Schnokmann von gegenüber, sein eigenes Haus – das alles konnte nie und nimmer einfach ausgelöscht werden.

Nein, hier lag *nicht* Oldershausen. Auf keinen Fall. Er stand auf, machte sich an die systematische Untersuchung des Geländes. Radius fünf Meter. Drei Fundstücke,

Kasten rot 7, Kasten schwarz 12, eine halbe Untertasse seines Teeservices. Radius zehn Meter. Acht Fundstücke, die Kästen rot 1 und 4, schwarz 3, 4 und 10, grün 5, ein zusammengepresster Teil der Wasserfilteranlage und ein halbes Handtuch. Das ganze Handtuch hatte er frisch gewaschen auf den Wäscheständer gehängt. Er versuchte, alle aufkommenden Gefühle zu verdrängen und konzentrierte sich auf das Absuchen der Erdoberfläche.

Seine Vernunft sagte ihm, dass er auf seinem Gundstück stand, auf den Resten seines Hauses. Doch sein Gefühl stemmte sich gegen die Wahrheit. Nie und nimmer konnte dieser von Erdstößen geschüttelte Fleck etwas mit dem Haus Markweg 8 in Oldershausen zu tun haben. Sein Heimatort befand sich anderswo, ganz sicher.

Er sah ein Stück Dachziegel, vom alten Schuppen. Da lag ein Bruchstein, aus dem Keller von 1883. Dort die zerschrammte Klappe des Briefkastens, hier völlig unzerstört *Pharaos* Fressnapf. *Pharao!* Wo war sein Hund? Warum war *Pharao* ihm nicht entgegengeschossen, wie üblich, um seine Hand zu lecken?

Timo Stulz wusste es, er konnte eins und eins zusammenzählen. Aber wer kann das Unfassbare denken und einfach als Tatsache hinnehmen? Sein Kopf zersprang unter den Hammerschlägen der Informationen. Der Prepper griff zu den Fundstücken, nahm sie einzeln in die Hände, öffnete sie, überprüfte ihren Inhalt. Einmal, zweimal, immer wieder. Langsam, ganz langsam, öffnete sich sein Gehirn der Wahrheit.

11.53 h,
Fruchtallee,
Hamburg

Alles begann mit einer guten Überraschung im Bösen. Fiona Sandhoff hatte gleich nach dem Erwachen Berits linken Arm aus der Höhlung ziehen wollen. Berit konnte doch nicht ohne ihren Arm ... liegen da unten ... neben Barnd. Gleich nachdem sie ihn berührt hatte, ließ sie den Armstumpf wieder los. Was hatte sie da angefasst? Kalte, stumpfe Fleischstücke? Das Blut war schon zu Klumpen geronnen. Beim zweiten Mal schnitt Fiona Sandhoff sich an spitzen, scharfen Knochensplittern. Beim dritten Zugreifen … Egal, was das war … Es war Berit, *ihre* tapfere Tochter Berit! … konnte sie den Arm zu sich ziehen. Das Grauen überkam sie, ihr standen die Haare zu Berge.

Als sie den ganzen Arm herausgezogen hatte, sah Fiona Sandhoff verblüfft auf Berits Hand. An der hing eine Kekstüte! Berit hatte ihre kleine Faust in die Ecke einer Kekstüte gekrallt. Und *nie* losgelassen. Fiona Sandhoff stand, sah und bewegte sich kein bisschen.

Irgendwann brabbelte Birger. Sie streichelte ihn, ohne ihn anzusehen. Die Kekse. Sie gehörten Berit. Also musste sie die Tüte zusammen mit dem Arm zu Berit … geben … Aber was hatte Berit von dem Gebäck? Sie könnte sich den Magen verderben. Berit verschlang jedes Essen, und sie aß zu viel. Wenn die Plätzchen nicht für Berit waren, dann waren sie eine Gabe an die Geister der Ahnen, der Großeltern und der Zukunft. Etwas Magisch-Heiliges.

Plötzlich sah Fiona Sandhoff ihre Tochter Berit auf sich zuschweben. Lächelnd hielt Berit ihr die Tüte mit dem Gebäck entgegen und nickte ihr zu. Berit verschwand ins Licht, die Farbe des Himmels wurde trüb und grau. Birgers Schreie holten Fiona Sandhoff zurück in die Gegenwart. Die Vision war eindeutig. Ihre Tochter schenkte Birger und ihr die Plätzchen. Das Empfinden des Lichts wandelte sich in das Wahrnehmen der Trockenheit. Ihre Zunge klebte am Gaumen. Fiona Sandhoff öffnete eine Flasche und trank begierig das Wasser. Sie musste mehrfach heftig aufstoßen. Doch sie fühlte sich einfach wohl und der Nebel lag hinter ihr.

Berits Faust gab die Kekstüte nicht frei. Fiona Sandhoff riss den unteren Teil mit den Keksen ab. Ihre Tochter umklammerte weiter die obere Ecke der Packung. Bedächtig griff Fiona Sandhoff zum ersten Plätzchen und biss eine Ecke ab. »Langsam essen, ganz langsam. Am besten so, als gäbe es nur dieses eine!« Seit zwei Tagen hatte sie nichts gegessen. Die Verdauung musste erst wieder ans Arbeiten kommen. Nach dem ersten Keks hatte sie genug Kraft. Sie nahm Berits Arm, trug ihn vor sich her und ließ ihn in den Schacht gleiten. Sofort drehte sie sich um. Sie konnte nicht zusehen, wie der Arm unten aufschlug.

Fiona Sandhoff kehrte zu Birger zurück, lächelte ihn an und meinte zu spüren, wie Milch in ihre Brüste einschoss. Sie nahm Birger an ihre Brust. Birger war ganz warm und lebendig, aber er kümmerte sich nicht um ihre Brustwarze. Aufmerksam sah er zu, wie sie zwei weitere Kekse verspeiste. Sie zelebrierte die Mahlzeit. Ein kleines Stück abbeißen, mit der Zunge durch den Mund schieben, dann erst kauen. Noch einmal kauen. Und wieder kauen. Den Brei mit der Zunge im ganzen Mund verteilen und dort kleben lassen. Der Speichel transportierte alles in Richtung Speiseröhre. Reflexartig schluckte sie. Bei allen drei Keksen konnte sie verfolgen, wie die Speiseröhre Berits Geschenk zum Magen transportierte. »Ich hatte vergessen, welch fundamentale Bedeutung Essen für uns Menschen hat. Uns ging es zu gut.«

Birger saugte mit seinem heißen Mund an ihren Brustwarzen, aber er trank nicht so begierig wie sonst. Er schlief sogar ein, was völlig ungewöhlich war. Fiona Sandhoff gab ihm alle Zeit der Welt. Als er zum vierten Mal einschlief, weckte sie ihn nicht mehr. Zwar hatte er zu wenig getrunken, aber kein Kind verhungert freiwillig. Also ließ sie ihn schlafen. Die Kekse ließen sich auf drei Tage verteilen. Wäre sie allein gewesen, hätte sie alle Kekse gleich heute gegessen. Aber Birger hatte Priorität.

Und das Beschaffen neuer Nahrung. Übers Trinken musste sie nicht nachdenken. Aber was sollten sie essen? In den Trümmern des Supermarkts lagerten 10.000 Artikel. Mindestens. Sie hatte einmal gelesen, dass in ganz großen Supermärkten über 15.000 verschiedene Artikel lagerten. Von A wie Apfel -in zwölf Sorten – bis Z wie Zitrone – in zwei Sorten. Bei diesem gewaltigen Angebot hatte gerade mal auf 6 verschiedene Sorten Mineralwasser Zugriff.

Irgendwie musste sie einen Schlüssel zum größeren Teil des Schlaraffenlands finden.

Hoffentlich ohne Leichen. Denn Fiona Sandhoffs feine Nase witterte immer häufiger Spuren von Tod und Verwesung. »Der Geruch kommt aber nicht von meinen beiden Engeln. Die liegen tief und sicher!« Wo aber befanden sich die Körper der Verkäuferinnen, der Kassiererinnen, der 30 Kundinnen, die vorgestern Nachmittag im Supermarkt einkauften? Und irgendwo, gar nicht weit, nur tiefer, mussten sich die Körper ihrer Eltern und der U-Bahn-Fahrgäste befinden. »Wenn ich keine Lebensmittel finde, werde ich nicht warten. Es muss Menschen geben! Die halten im Hafengebiet oder am Hauptbahnhof auf. Da muss ich mit Birger hin. Da steckt sicher auch Bennet. Wenn er aber nicht mehr …? Quatsch! *Bennet lebt!* Da bin ich mir sicher. Und wenn da kein einziger … Unvorstellbar … Dann müssten wir nach Cuxhaven. Da wächst jetzt alles.«

Zuerst also suchte sie gründlich die Umgebung ab. Sie fand einen Schuh ohne Sohle, das Portmonee einer Ayse Ulusu mit 120 Euro und ein halbes Brot. Schuh und Geld schenkte sie keine Beachtung, die dünne Staubschicht auf dem Brot pustete Fiona Sandhoff ab. Es roch gut und sie entdeckte keinen

Schimmel. Weitere Lebensmittel fand sie nicht, so intensiv sie auch suchte. Fiona Sandhoff sah keine Chance, sich Zugang zum Supermarkt zu verschaffen. An einer Stelle hatte sie es versucht, dort, wo sie den Ausgang vermutete. Aber die Steine waren zu groß und zu schwer für sie.

»Zwecklos. Alles zwecklos. Komm, Birger, wir packen unseren Koffer!« Zum Abschied wollte sie noch einmal nach ihren Engeln sehen. Oben am Rand des Schachts roch es wirklich nicht nach Verwesung. Mit Barnd und Berit war alles okay. Sie sah ins Halbdunkel hinunter. Da war auch Berits Arm. »Wie ungeschickt. Ich habe ihn auf Barnd fallen lassen!« Sie rief den beiden zu: »Barnd, Berit! Wir sehen uns im Himmel wieder! Alles Gute, meine Engel!«

In dem Moment, als sie sich abwenden wollte, hörte sie sie von unten ein feines Geräusch. »Barnd, Berit. Lebt ihr?« Sie sah genau hin. Wieder dieses feine Geräusch … Dann sah sie die Ratte. Das kaninchengroße Monster machte sich an Berits Arm zu schaffen. »Weg, du Vieh!«, brüllte Fiona Sandhoff. Die Ratte verschwand sofort. Fiona Sandhoff wartete ab. Eine gefühlte Minute später war die Ratte wieder da. Fiona Sandhoff sah das Blut an ihrem Maul. Das konnte sie nicht zulassen! Sie musste ihre Kinder beschützen! Das Brot war zu kostbar, die Kekse erst recht. Sie holte eine volle Mineralwasserflasche, ging zum Schacht. Die Ratte saß wieder auf Berits Arm.

Fiona Sandhoff schleuderte die Flasche genau in Richtung Ratte, wartete, bis die Flasche aufprallte – leider nicht auf der Ratte, sondern genau neben ihr – und brüllte: »Stirb, Monster!« Die Ratte schrie, schrie wie ein Kind und humpelte fort. Gleich zwei ihrer Beine mussten verletzt sein. Das Humpeln wirkte wie ein Sich-Wegrollen der Ratte. Fiona Sandhoff setzte sich neben den Schacht. Adrenalin strömte in ihren Kopf. »Diese elende Ratte mag verrecken. Aber bald sind andere da. Wie begrabe ich Barnd und Berit sicher?« Lange kämpfte Fiona Sandhoff mit sich, dann siegte die Vernunft über das Gefühl. Sie suchte mechanisch die Umgebung nach tragbaren Brocken ab und warf diese in den Schacht. Hinunter sehen, das konnte sie nicht. Sobald sie die Steine geworfen hatte, lief sie weg. Trotzdem waren manchmal Geräusche zu hören, die wie das Brechen von Knochen klangen. Sie hatte über 100 Brocken hinunter geworfen, als sie plötzlich wieder einen Krampf im linken Unterschenkel hatte. Mit ihrem ganzen Gewicht stellte sie sich auf einen Betonkubus. Der Muskel entkrampfte. Fiona Sandhoff massierte die Wade. Sie schmerzte. »Ich esse etwas Brot.« Sie hatte sich überanstrengt. Anfangs die Suche nach dem Supermarkt, der folgende Schock wegen der Ratte, das Schleppen der Steine, das Weglaufen vor den Geräuschen aus dem Schacht.

Sie sah erst einmal nach Birger. War sein Liegeplatz vor Ratten sicher? Birger schlief ganz friedlich. Mit knallrotem Gesicht. Die Nahrung tat ihm gut. Sie ging zum Schacht, konnte diesmal hinsehen. Musste hinuntersehen und genau hinhören. Drei Minuten lang atmete sie ganz flach. *Alles war gut!* Keine Ratte ließ sich blicken oder hören. Sie ging zu den leeren Wasserflaschen, suchte zwei große und trennte mit einer scharfen Steinkante das obere Drittel ab. »Steinzeit sorgt für noch mehr Mikroplastik!«, grinste sie, als sie die abgeschnittenen Teile herumliegen sah. Sie brauchte die Flaschenkörper. Während sie drei Bröckchen Brot aß, mit geschlossenen Augen, stand wie aus dem Nichts Bennet vor ihr. Sie wunderte sich nicht und freute sich, dass er ihre Gedanken bestätigte: »Du musst das Grab mit Staub sichern, Fiona! Wenn nur Steine unsere Kinder bedecken, riechen die

Ratten immer noch ihre Körper. Der Staub wird das verhindern. Transportiere den Staub in den leeren Plasteflaschen. Ich liebe euch. Schicke Berit und Barnd einen Kuss von mir. Ich liebe dich, Fiona!« Er streichelte sie und gab ihr einen nicht enden wollenden Kuss.

Er ging fort, und sie hatte ihm nachgestarrt, bis er in einer Staubwand verschwand. Nun also nutzte sie die Teile mit den Flaschenhälsen als kleine Schaufeln. Überall kratzte sie Staub zusammen. Waren die unteren Flaschenteile voll, schüttete sie den Staub in den Schacht. Wieder und wieder. Wie aus dem Nichts wurde es dunkel. Fiona Sandhoff hatte den Sonnenuntergang nicht bemerkt. Sie hatte Mühe, im Halbdunkel die Schaufeln zu finden.

»Birger!« Sie hatte ihn total vergessen. »Birger auf die nackte Brust legen, vier Kekse essen und dann Birger säugen. Hoffentlich erschrecke ich Birger nicht. Ich fühle mich an wie eine Staubwolke.« Sie schlug und schüttelte möglichst viel Staub ab. Dann nahm sie Birger auf den Arm und tastete im Dunkeln nach der Kekstüte. Auf den Plastikplanen machte sie es sich gemütlich, kaute genüsslich die ersten beiden Kekse, machte ihre Brüste frei und zog Birger zu sich heran. Ihm war wohl kalt, denn er zitterte. Sie umschlang ihn mit ihren Armen. Birger konnte aber gar nicht frieren. Sein Körper war warm. Nein, er war heiß, er glühte. Auch sein Atem! Der war so heiß wie der eines Drachen!

»Du hast ja Fieber!« Sie stand auf, um das Fieberthermometer aus dem Badezimmer zu holen. Beim zweiten Schritt fiel ihr ein, wo sie war. Dann konnte sie ihm auch nicht den fiebersenkenen Hustensaft holen! »Wir müssen zum Arzt!«, sagte sie zu Birger, »Dr. Jensen hilft uns sicher.« Birgers Mund war ganz trocken. Sie legte ihn an, er versuchte zu saugen. Es gelang ihm nicht. Sein Kiefer flatterte. Sie nahm etwas Wasser, goß es in seinen Mund. Kalte Wadenwickel konnten helfen. Sie goß Wasser auf ihr T-Shirt, wickelte seine zitternden Füße ein. Draußen war es etwas heller, also verließ sie das *Wasserschloss*. Im Freien schob sie ihre linke Brustwarze in seinen Mund. Birger lallte, versuchte zu saugen, zitterte, verlor die Brustwarze. Sie führte seinen Mund, hielt den Kopf genau über ihre linke Brust. Birger saugte, hustete, spuckte einige Tropfen Milch aus.

Wurde Birger noch heißer? Nein, die Temperatur stieg nicht! Erschöpft schlief sie ein, hatte beim Aufwachen mitten in der Nacht den Eindruck, das Fieber sei noch mehr gestiegen. Die ganze Nacht über kämpften Birger und sie. Sie achtete nicht darauf, dass sein Gewicht ihren Brustkorb und ihren Bauch belastete, roch nicht seine Ausscheidungen, kühlte ihn mit Wadenwickeln, fächelte ihm Luft zu. In regelmäßigen Abständen zitterte Birgers Körper. Irgendwann hatte sie keine Tränen mehr. »Birger, verlass mich nicht. Nur du bist mir geblieben! Birger, bleib bei mir, bitte!«

Er bekam den Bitter Lemon Geschmack nicht mehr aus dem Mund. Das Graben fiel Daniel Murray immer schwerer. Sein Plan war jeweils zwanzig Gräber zu schaufeln, möglichst in einem Rechteck, vier Reihen á fünf Gräber. Dann in jedes Grab Körper, Knochen oder Asche und die dazugehörigen Reste einfüllen, das Grab verschließen und markieren. Zur

Markierung würde er auf jedes Grab einen Koffer oder ein Gepäckstück legen. Kreuze konnte er nicht zimmern. Er gab nicht einmal Stäbe, um jedes Grab wenigstens durch einen Pfahl zu kennzeichnen. So blieb vorerst nur die provisorische Gepäck-Lösung.

Das Grabfeld lag an einer erhöhten Stelle, aber auch nur zwei Fuß über dem Wasser. In die frisch ausgeworfenen Gruben drang sehr schnell Wasser ein. Er wich von seinem Plan ab, erst alle zwanzig Gruben auszuheben. In jedes frisch geschaufelte Grab kam die Leiche und sofort begann der Wettlauf gegen das einsickernde Wasser.

Jedes Grab mit einem Stein versehen? Diese Aufgabe konnte er sich vornehmen, wenn alle 245 Gräber gefüllt waren. Nach den zwanzig Gräbern des ersten Feldes ging die Arbeit mühsamer vonstatten. Er brauchte längere Pausen, verlor manchmal die Orientierung, schleppte die Leichenreste statt nach zu den Gräbern in die entgegengesetzte Richtung. Einmal legte er eine zweite Leiche zu einer ersten. Wieso hatte er das Grab der ersten Leiche nicht zugeschüttet? Wie konnte er das vergessen?

Der Copilot begrub zuerst die Leichen, die unter dem Ausstieg am rechten Flügel lagen. Die Menschen waren gesprungen, die letzten brannten bereits, als sie sich hinunterstürzten. Sie hatten die bereits unten liegenden Körper angezündet.

Damiel Murray selbst stank nach verbranntem Fleisch und Asche. Drei Leichen waren so schwer, dass er sie nicht tragen konnte. Er schleifte sie durch Wasser und Gras. Ihre Gräber glichen halbvollen Badewannen. Er hatte sich wieder mit einer Leiche verlaufen, stand mit ihr unter dem Triebwerk des linken Flügels, legte sie kraftlos in einer Pfütze ab, sodass sie halb im Wasser lag. »Das Bitter Lemon gleich neben der Leiche trinke ich besser nicht«, dachte er. Denn schon wieder hatte er Durst. »Woher kommt meine Schwäche?«, fragte er sich. Er sah die Leiche, das Wasser, spürte Übelkeit in seinem Mund und den Wunsch zu schlafen.

Er ging zum ersten Grabfeld, öffnete mit seinem Beil den ersten Koffer, fand eine Flasche Gin und trank einen ordentlichen Schluck. Der Bitter Lemon Geschmack verschwand. Ihm wurde schwindlig. Er setzte sich, merkte, wie sein Magen krampfte. Er musste sich übergeben, lag in seiner Schwäche auf dem Boden. Sein Magen zog sich sich zusammen, presste alles heraus, was in ihm steckte. Der Schwindel verschwand, das Gefühl von Schwäche blieb.

Daniel Murray trank weitere zwei, drei Schluck Gin und fühlte sich besser. Besonders, weil der ekelhafte Geschmack von Erbrochenem nicht mehr in seinem Mund war.

Sein Verstand meldete sich zurück. Warum gelangte er erst jetzt zu dieser wichtigen Einsicht? Im Wasser mit dem Bitter-Lemon-Geschmack steckten giftige Substanzen! Daniel Murray durchwühlte erneut den Koffer, fand eine Schachtel Pralinen. Er seufzte: »Jetzt muss ich also von dem hochpreisigen Müll leben, der in den Duty-Free-Shops angeboten wird.« Eine halbe Stunde später erbrach er sich zum zweiten Mal. Mit großer Anstrengung legte er bis zur Dämmerung 44 Gräber an.

12.48 h,
Große Freiheit,
Hamburg

Marina Rofting versuchte per Privathandy Gisa Luttebaum in Winsen in der Luhe zu erreichen. Vergeblich. Wohin sollte sie gehen? Der Durst schwächte sie. Den Rest des gestohlenen Tees hatte sie schon gestern Abend getrunken. Eigentlich wollte sie die Hälfte für heute zurückhalten. Aber dann verlangte der ausgetrocknete Körper nach mehr. Nach dem Trinken hatte sie sich wohlgefühlt, konnte endlich einschlafen.

Im Gegensatz dazu hatte sie bisher nur die Hälfte der Brote gegessen. Der Gestank würgte ihr Hungergefühl ab. Der Start am Morgen klappte nicht. Überhaupt, der Ablauf des Tages gestaltete sich mühsam. Sie konnte nicht richtig denken. Was war eigentlich los? Null Menschen, null Tiere, null Feuerwehr, null Hilfe. Wann war endlich Schluss mit dieser verkehrten Welt? Wann begann der normale Alltag wieder? Sollte sie zum Revier, zum Präsidium oder durfte sie nach Hause gehen?

In London musste sich ein Fenster öffnen. Wo war Heidrun Schmelki, ihre Partnerin? Und Frau Grosseks Hund? Wenn heute Samstag war, flog Frau Grossek heute in Urlaub nach Andalusien. Und sie hatte versprochen, sich um Voodoo zu kümmern. Frau Grosseks reinrassiger Jack Russel war brav, und sie hatte ihn schon einmal für zwei Wochen betreut. Dann würde es Zeit, jetzt zur Esmarchstraße 102 zu gehen.

Doch in diesem Hamburg gab es keine Straßen mehr. Und kein einziges Haus. Auch heute nicht. Sie hatte geträumt, dass heute alles wieder normal wäre. Normal, dass bedeutete auch, dass sie ihren eigenen Diebstahl anzeigen musste. Sie hatte Otwald Luttebaum bestohlen. Der bemerkte es nicht. Er schaffte es ganz sicher nach Winsen an der Luhe. Auch ohne die zweite Kanne Tee und das dritte Brotpaket. »Aber das ist nicht okay. Auf mein Konto gehen *ein Diebstahl und ein Mord*. Das muss gemeldet werden.« Marina Rofting versuchte zum tausendsten Male, mit der Zentrale Kontakt aufzunehmen. Aber ihr Funkgerät konnte nicht mehr senden. Der

Akku war leer. »Bitte Aufladen!« blinkte die Anzeige ständig. Beinahe hätte sie das überflüssige Teil in die Ecke geworfen. Aber es war ihr Dienstgerät. Sie *durfte* es nirgendwo liegenlassen. Der Himmel wurde etwas dunkler. Endlich! Gleich würde es regnen. Aber er war nur dunkler geworden, weil sich mit großer Geschwindigkeit eine Staubwolke näherte. Als sie nur noch Sekunden bis Marina Rofting benötigte, bog die Wolke scharf nach rechts ab. Der Wind, der sie umlenkte, hatte einen fauligen Geruch. So wie Brackwasser.

Wasser! Es musste hier in der Nähe Wasser geben. Da, in einiger Entfernung, neben diesem Rohr, sah sie eine Pfütze. Sie eilte dorthin. Egal, wie schmutzig die Pfütze war. Sie würde sich hineinwerfen. Marina Rofting knöpfte ihre Jacke auf. Als sie erneut in Richtung Rohr sah, war die Pfütze verschwunden. Einfach verschwunden! Sie konnte es nicht fassen. Lange saß sie da, schloss die Augen, hatte großen Durst, ihre Arme juckten, Lippen und Mund waren trocken. Schon seit Stunden hatte sie das Gefühl, dass ihre Lippen sich in Leder verwandelten. Sie wurden immer starrer.

Marina Rofting massierte ihr Gesicht. Gleich, wenn sie die Augen wieder aufmachte, würde vor ihr ein Kühlschrank stehen, gefüllt mit Getränken! Sie hörte das Brummen der Kühlung. Als sie die Augen öffnete, stand Voodoo vor ihr, für einen kurzen Moment. Er kläffte, verschwand und ließ sie zurück im Albtraum, in der staubigen Steinwüste. Sie sprang auf! Weg hier, weg von hier! Nach Winsen an der Luhe. Zu Gisa und Otwald Luttebaum.

»Wie dumm war ich doch. *Ich habe es einfach nicht verstanden!* Herr Luttebaum winkte mir gestern noch zu. Er wollte mir den Weg aus dem ganzen Elend zeigen. Er kann den geraden Weg, diesen Weg ohne die geringste Abweichung, nur gehen, weil er über den sechsten Sinn verfügt. Mit dieser Fähigkeit kann er dem Geheimnis folgen, der Linie, die in eine bessere Welt führt.« Sie musste Herrn Luttebaum finden. Das Geheimnis finden. Damit sich in London ein Fenster öffnete.

13.37 h,
Willebrandstraße,
Hamburg

Gina Adler war verunsichert. Teetje hatte ihr eine Dose zukommen lassen, unbeschädigt und voll. Aber warum? Stand er auf ihrer Seite oder wollte er sie in eine Falle locken, wissend, dass er der Stärkere war? »Du möchtest unbedingt *Alles oder Nichts* mit mir spielen, Teetje? Okay, meine Spielregel Nr. 1 lautet«, verkündete sie, »wenn ich dich bis heute Abend nicht geknackt habe, verlasse ich Eimsbüttel.« – »Willst du nicht lieber gleich gehen, Kleine?« – »Warum überschätzt ihr Männer euch immer so, Teetje?«

Sie verwandte ungewöhnliche Werkzeuge. »Ein Werkzeugkasten ließ sich nicht finden, Teetje, also rücke ich dir mit speziellen Waffen zuleibe.« Da war ein dreieckiger Granitstein, pfeilförmig, armlang, mit einer messerscharfen Spitze. Dann ein Schuhanzieher aus Metall, ein Schlüsselbund und ein halber Einkaufsbeutel aus Kunstleder. Sie legte den Einkaufsbeutel auf die zweite Glasscheibe von unten. Hier lagen die Mineralwasser. Gina Adler hob den dreieckigen Stein so hoch wie möglich und ließ ihn mit seiner spitzen Kante auf die Glasscheibe fallen.

»Der Einkaufsbeutel mindert zwar die Energie des Aufpralls, aber er verhindert, dass mich Glassplitter treffen.« Auch nach fünf Aufschlägen zeigte sich keinerlei Wirkung am Glas. Dafür war die Spitze des Steins ein klein wenig stumpfer geworden und der Einkaufsbeutel hatte drei Risse. »Weiter. Hab Geduld, Teetje!« Der antwortete sauer: »Gina, hör sofort auf damit! Warum quälst du dich völlig umsonst ab?«Als sie den Stein zum dreißigsten Mal fallen ließ, wurde das Aufschlaggeräusch merklich höher.

Nach vierzigmal Fallenlassen merkte sie, dass sie den Stein nicht mehr so hoch heben konnte wie zu Beginn der Serie. Sie legte den Stein weg, massierte ihre Arme, regte den Speichel in ihrem Mund an. Dann griff sie das Schlüsselbund, suchte nach Schlössern und fand zwei. In das obere passten sogar zwei Schlüssel. Aber der erste drehte sich keinen Millimeter im Schloss. Der zweite ließ sich um ein Viertel drehen. Dann war Schluss. Sie drehte so kräftig wie möglich, erreichte aber nichts.

Als nächstes schob sie die Schlüssel in alle möglichen Ritzen. Bei einer zeigte sich Bewegung. Doch sie bekam die Kante nicht weiter auf. Also schlug sie mit einem Stein gegen den Schlüssel. Der zerbrach. »Danke schön!« Gina Adler überlegte, dass der Schuhlöffel passen könnte. Er passte. Sie drückte ihn so weit wie möglich in die Ritze und versuchte erneut, die Tür zu bewegen. Sie rutschte ab und der Schuhlöffel flog durch die Luft. »Gib's auf!«, schlug Teetje ihr vor, »Du wirst dich sonst ganz böse verletzen und sterben!« Gina Adler schüttelte den Kopf: »Leider muss ich *dich* verletzen. Denn ich wechsle zurück zur ersten Methode.« Es fiel ihr deutlich schwerer, den Keil zu heben. Damit Teetje das nicht merkte, hob sie den Keil besonders hoch und verzichtete darauf, sich durch den Einkaufsbeutel vor Glassplittern zu schützen.

Dann ging alles ganz schnell. Beim dritten Aufprall drang der Keil fast zehn Zentimeter in die Scheibe ein. Um ihn frei zu bekommen, musste sie gegen ihn treten. Sie nahm den Keil, richtete sich auf, ihre Arme zitterten. »Du hast es nicht anders gewollt!« Gina Adler ließ den Keil noch einmal niedersausen. Der drang so tief ein, dass er eine Dose zerschmetterte. Wieder musste sie den Keil mit aller Gewalt entfernen. Der Schuhlöffel half bei der Feinarbeit. Sie hakte die zertrümmerte Dose heraus. Jetzt ließ sich die erste unbeschädigte Dose drehen und herausziehen. Sie hörte, wie andere Dosen nachrollten.

Zu spät griff sie in den Schacht. Die Dosen bildeten eine feste Formation. Die nächstete Dose ließ sich nicht mehr herausziehen. »Lass es. Das Gesetz ist auf meiner Seite«, mahnte Teetje. Gina Adler öffnete ihre Dose und trank. Langsam, schluckweise. Überlegend. Noch einmal wandte sie die Methode Keil an. Nur ließ sie den Keil so fallen, dass er das Loch fast verdoppelte. Sie zog den Keil nicht heraus, sondern ließ ihn einfach stecken. Gina Adler hantierte mit dem Schuhlöffel, der ihr fast in den Schacht entglitt. Bedächtig zog sie die Dosen hinter dem Keil heraus, eine nach der anderen.

Sie hatte sich immer über ihre kleinen Arme und Hände geärgert. Diesmal waren sie von Vorteil. »Teetje, jetzt habe ich hier schon fünf Dosen stehen. Fünf! Die saufe ich gleich alle auf ex!« Sie suchte einen kleineren Stein, setzte diesen als Stopper und schlug den Keil weg. Das System funktionierte. 31 Dosen waren die Ausbeute des Tages.

Die Sonne verschwand hinter dem Horizont, die Dämmerung setzte ihre Zeichen. Gina Adler hatte keine fünf Dosen getrunken, nur drei. Aber die Hautflecken verschwanden, das Jucken ließ nach, sie konnte wieder ganz normal urinieren. Das kleine Geschäft erlebte sie als Wohltat für Körper und Geist. Das Blut war weniger dick, strömte schneller durchs Gehirn. Sie konnte klarer denken. »Teetje, morgen früh verlasse ich dich. Du bietest mir zu wenig. Aber für den heutigen Tag bin ich dir dankbar, wirklich.«

Teetje schwieg. Entweder war er beleidigt oder tot. Bevor Gina Adler sich hinlegte, packte sie sechs Dosen in ihre Hosen- und Jackentaschen. Die anderen versteckte sie in einer Ecke. »Teetje soll sich die Dosen nicht zurückholen und Dieben gönne ich sie auch nicht!« Als sie nachts kurz wach wurde, dachte sie darüber nach, ob sie in Teetjes Geldschlitz einen 100-Euro-Schein stecken sollte. »Die Dosen sind ungeheuer kostbar. Eigentlich müsste ich ihm die ganzen 6.500 Euro überlassen. 6.500 dividiert durch 31 gleich …? Was für ein Wahnsinn! Heute ist eine Dose Mineralwasser über 200 Euro wert. Wie werden sich die Preise weiter entwickeln?«

15.03 h,
Bunker des Kanzleramtes,
Berlin

»Nachdem wir die wichtigsten Informationen zum Ist-Zustand ausgetauscht haben, bitte ich alle, sich mit dem offiziellen Soll unseres Bunkerssystems zu befassen«, bat Regierungssprecher Hagen Grusk. »Wenn ich gleich von Mitgliedern der Bunkercrew gefragt werde, was gebe ich als Ursache des Ereignisses an?«

»Mit großer Wahrscheinlichkeit ein Erdbeben, ausgelöst durch den Bruch unserer bisher sicheren europäischen Erdscholle«, sagte Oberingenieur Moritz Kerkreuth. Hagen Grusk sah ihn fragend an. War diese Aussage korrekt?

Oberst Vincente Scholz stimmte Moritz Kerkreuth zu: »Das ist noch die beruhigendste Theorie, Herr Dr. Grusk. Möglichkeiten wie ein Angriff auf uns mit Nuklearwaffen, der Einschlag eines Meteoriten oder der Besuch von Außerirdischen führen zur Panikstufe Rot. Ersticken Sie solche Vermutungen im Keim!«

Hagen Grusk nickte: »Verstanden. Wie informiere ich über die beiden Themenkreise Kontakte und Hilfe für uns?«

Der Bundeskanzler und die Bundestagspräsidentin nahmen kurz Blickkontakt auf. Vita Gemmert-Fuhrmann wies den stellvertretenden Regierungssprecher an: »Sagen Sie die brutale Wahrheit. Wenn wir das verschweigen, verlieren wir alle Glaubwürdigkeit. Fakt ist, dass wir absolut keine Kontakte haben. Niemand aus dem Bunker kann seine Familie erreichen oder seine Freunde oder Nachbarn. Keine Kontakte zu Brüssel, Paris, London, Moskau, Warschau, Stockholm, Rom, Madrid. Ebensowenig zu Washington, Peking, Tokio, Canberra, New Dehli, Ankara, Kairo, Kapstadt, Brasilia, Mexiko, Montreal … Zählen Sie diese Liste ruhig auf, Herr Grusk. Es könnte vielleicht sein, dass die Sender und Antennen unseres Bunkers defekt sind. Aber den Instumenten nach arbeiten sie einwandfrei.«

Josef Kollhuber sah zu Moritz Kerkreuth hinüber, als er ergänzte: »Vielleicht ist das gesamte Informationsnetz in Berlin oder um Berlin herum zusammengebrochen oder das im deutschen Osten oder es gibt Probleme in einem noch größeren Radius. Das bezieht sich auf Sendung und Empfang von Mitteilungen.« Kerkreuth nickte bestätigend.

Vita Gemmert-Fuhrmann sagte: »Auch zum Thema Hilfe teilen sie den Stand der Dinge mit. Da wir bisher keinerlei Kontakt aufnehmen konnten, weiß vermutlich niemand außerhalb des Bunkersystems von uns und unserer Lage. Ganz bestimmt machen sich Hilfskräfte auf, um zu erkunden, was hier in Berlin los ist. Schließlich ist Berlin die deutsche Hauptstadt. Aber wann die Hilfe kommt, wissen wir nicht. Wenn viele Straßen im gleichen Zustand sind wie die direkte

Umgebung unseres Bunkers, werden wir lange auf Hilfe warten müssen.«

Der Bundeskanzler beendete die Sitzung mit dem Hinweis: »Meine Damen, meine Herren! Bitte halten Sie sich an unsere Spielregeln! Jeder von uns verfügt über genau die Informationen, die Herr Grusk weitergeben wird. Andere Fakten könnten zu Chaos führen. Danke für die Kürze Ihrer Beiträge, meine Damen und Herren!«

Alle brachen auf. Josef Kollhuber hielt Oberst Vincente Scholz zurück: »Bleiben Sie bitte hier, Herr Oberst.« Beide setzen sich in eine Ecke des Konferenzraumes. Der Bundeskanzler sah den für die Sicherheit zuständigen Offizier lange an und fragte schließlich mit sehr leiser Stimme: »Herr Oberst, es könnte sich im Laufe der nächsten Tage herausstellen, dass die gesamte Bundesrepublik Deutschland durch eine Katastrophe vernichtet wurde. Wie sichern wir dann die Loyalität ihres Corps?«

»Herr Bundeskanzler, ganz Deutschland kann doch nie zerstört werden. Unser Land ist so groß und geologisch so unterschiedlich. Irgend ein guter Teil Deutschlands wird auch jetzt heil existieren, selbst wenn es nur Ostfriesland oder Niederbayern wäre.«

Der Bundeskanzler sagte nichts. Er nickte vorsichtig und zuckte mit den Schultern. Oberst Vincente Scholz verstand und überlegte: »Erstens besteht mein Soldaten-Corps aus Eliteeinheiten. Die fühlen sich mit Herz und Kopf gegenüber der Bundesrepublik verpflichtet. Zweitens sind es Berufssoldaten, darauf gedrillt, dass einige befehlen und andere ohne Nachdenken gehorchen müssen.

Drittens sollte dieses Spektakel, in dem wir uns befinden,

wirklich in 3-D-Dimensionen abrutschen, wären wir alle durch die Bunker-Vorräte existenziell abgesichert.«

Der Bundeskanzler nickte. »Danke, Oberst Scholz. Wir können uns also auf unsere Soldatinnen und Sodaten verlassen.« – »Jawohl, Herr Kollhuber.« – »Reagieren Sie bitte unverzüglich bei problematischen Äußerungen oder Handlungen. Setzen Sie Frau von Trutz-Fenkrow über alle Vorkommnisse in Kenntnis und in besonderen Fällen Frau Gemmert-Fuhrmann oder mich.« – »Jawohl, Herr Bundeskanzler.«

»Oberst Scholz, nun drei weitere Punkte unterhalb des Protokolls. Erstens muss gesichert werden, dass nur Befugte an Waffen kommen. Die Depots müssen ständig bewacht werden. Lassen Sie bitte zusätzlich einige Waffen in den vier Sitzungszimmern lagern. Niemand von der Crew darf das bemerken. Zweitens teilen Sie das Corps nach psychisch stabil und psychisch labil ein. Sie sind verantwortlich für die Zuweisung passender Aufgaben. Drittens brauchen wir ein Militärgericht. Sie können mich als Richter einsetzen. Schließlich war ich vier Jahre lang Verteidigungsminister. Unter Umständen müssen wir die Todesstrafe verhängen. Machen Sie sich drittens Gedanken über die Mitglieder eines Exekutionskommandos. Auch da können Sie auf mich zählen. Kann ich auf Sie zählen?«

Vincente Scholz musste sich setzen. »Todesstrafe? Die haben wir doch gar nicht … So ernst ist die Lage, Herr Bundeskanzler?« Josef Kollhuber sah irritiert zu ihm herunter. »Herr Oberst Scholz, Sie sind zwar kein politischer Offizier. Aber bitte denken Sie ab heute immer mindestens einen Tagesmarsch voraus.«

»Vorsicht! Keine hektische Bewegung!« Hanjo Dunwaldt bekam die Krise. Winand Mann öffnete mit wuchtigen Faustschlägen die Fahrstuhldecke. Bei jedem Schlag zitterte der Fahrstuhl, sanft und unmerklich. Winand Mann stand auf Peer Friedrichs Schultern. Seine Schuhe hatte er ausgezogen. Er reichte bequem bis an die Decke und öffnete sie Stück um Stück.

»Ganz ruhig, bitte!«, mahnte Hanjo Dunwaldt. Peer Friedich und Winand Mann konnten seine ständigen Ermahnungen nicht mehr hören. Brav nickten sie zustimmend. Hanjo Dunwaldt zu widersprechen hätte einen endlosen Streit ausgelöst. Letztlich wusste nur er, wie die Welt funktionierte. Winand Mann kam mit der Arbeit gut voran. Das Öffnen der Decke musste gelingen. Der Hunger quälte, noch mehr der Durst. Winand Mann und Peer Friedrich hatten schon ihren eigenen Urin von der Hand geleckt. Hanjo Dunwaldt hätte es auch gerne getan. Aber noch wollte er bei aller Schwäche lieber verdursten als sich diese Blöße zu geben.

»Die Verschalung da oben ist doch nur Deko. Warum wurden die einzelnen Platten so solide befestigt?«, fragte Hanjo Dunwaldt. Winand Mann musste jede Platte bei jeder einzelnen Verschraubung losschlagen, und alle Platten wurden von je acht Schrauben gehalten. »Diese Art der Befestigung könnte für die notwendige Stabilität der Decke sorgen«, vermutete Peer Friedrich. Noch bevor Hanjo Dunwaldt zustimmend nicken oder ablehnend den Kopf schütteln konnte, jubelte Winand Mann: »Ja! Endlich!« Er schob die vierte gelöste

Platte zur Seite. Hanjo Dunwaldt sah über ihm den grauen Fahrstuhlschacht.

»Vorsicht! Nicht ins Rutschen kommen, wo wir es gleich geschafft haben!« Diesmal schenkte Winand Mann schenkte Hanjo Dunwaldts Befürchtungen keine Beachtung. Er nickte nicht einmal zustimmend, was er sonst nie vergaß. Winand Mann schob rasch seinen Kopf nach draußen, hielt sich mit den Händen am Deckengitter fest, sah nach vorn, nach links und rechts. »*Das* glaubt ihr nicht!« Blitzschnell zog Winand Mann seinen Kopf in die Kabine, um etwas Wichtiges mitzuteilen. »*Das* kann nicht wahr sein!« Er wollte auf Peer Friedrichs Schultern in die Hocke gehen, rutschte mit dem rechten Fuß ab und verlor dabei die Balance.

Der 20-Jährige war so überrascht, dass er beim Kippen nicht einmal schreien konnte. Peer Friedrich wollte Winand Manns Sturz verhindern und packte seine Füße. Dadurch wurde das Unglück zur Katastrophe. Der Oberkörper des jungen Mannes drehte sich, und er schlug mit dem Kopf auf dem Boden auf. Die Schädeldecke bekam die ganze Energie des Falls ab. Ein dumpfes Knacken war zu hören. Peer Friedrich schrie auf: »Winand!« Gleichzeitig klagte Hanjo Dunwaldt: »Wir stürzen ab!« Die Kabine kippte wirklich nach links, um zwei Zentimeter. Aber sie rutschte nicht nach unten.

Aus Winand Manns Kopf schoss Blut, in alle Richtungen. Aus den Augen und den Ohren flossen feine rote Rinnsale, während die Zähne in einer Blutsuppe ertranken. Alles erfolgte im Rhythmus des Herzschlags. Außer dem Blut quoll eine weiße Masse aus dem oberen Kopfbereich. Peer Friedrich bückte sich zu dem Verletzten, ergriff seine Arme: »Winand! Steh auf! Steh doch auf!« Hanjo Dunwaldt drehte sich zur Wand. Sein Magen spie den wenigen Inhalt in einem Schwall aus.

Peer Friedrich weinte hemmungslos. Hanjo Dunwaldt zog und schob mit aller gebotenen Vorsicht Winand Manns Leiche neben die von Ilona von Beckfolt. Er traute sich nicht, Peer Friedrich anzusprechen. Schließlich zog er dem Toten die Hose aus und wischte mit ihr das Blut und die entwichende Gehirnmasse in eine Ecke. Zum Schluss deckte er den ekelhaftesten Teil des Bildes mit seiner Aktentasche ab.

Sein Gesicht war kalkweiß: »Wie sage ich das seinen Eltern? Er ist ihr einziges Kind.« Peer Friedrich nahm Winand Manns Schuhe und trommelte mit ihnen gegen die Wand, mit aller ihm zur Verfügung stehenden Kraft: »Holt uns hier raus! Holt uns hier raus! HOLT UNS HIER RAUS! HOLT UNS HIER RAUS! Holt uns hier raus! …« – Er schrie, bis seine Stimme versagte.

18.25 h,
Markweg,
Oldershausen

Wasser. Die größte Schwierigkeit würde es sein, genügend Trinkwasser zu filtern. Timo Stulz suchte nach übriggebliebenen Teilen seines Prepper-Equipments. Im Keller hatte er 1.500 l Wasser gelagert, je zwei Gebinde A- und O-Saft sowie Bier, für besondere Anlässe und medizinische Zwecke auch zehn Liter Rum und Wodka. Aber kein einziger Wassercontainer oder -kanister war heil geblieben. Von allen Getränken fand er nur kontaminierte Reste in zerbrochenen Behältern. Die einzigen sauberen Flüssigkeiten waren eine Flasche Rum und ein Liter O-Saft.

Zum verborgenen Keller hatte auch eine Grundwasserpumpe gehört. Mit der ließ sich Grundwasser aus 33 Metern

Tiefe hochpumpen. Das Erdbeben hatte diese Vorrichtung mit Sicherheit zerstört. Schließlich gab es den ganzen Keller nicht mehr. Und damit leider auch nicht das dritte Standbein seiner Trinkwasserversorgung, die Filteranlage. Sein Mini-Klärwerk, zu dem sogar ein Geigerzähler gehörte um radioaktive Strahlung zu messen.

Was stand ihm zur Verfügung? Die Trockennahrung würde für zwei Monate reichen, ergänzt durch die Konserven wäre das Essen sogar abwechslungreich. Erste-Hlfe-Material war da, sogar ein Satz Scheren, Klammern, Pinzetten. Leider fehlte das Desinfektionsmaterial. Und alle Tabletten. Die gegen Fieber, Durchfall, Verstopfung. Von der Bekleidung hatte er nur Winterkleidung gefunden. Und überhaupt keine Unterwäsche. Zwei Spezialrücksäcke aus Alufolie hatte er gefunden, aber beide mit längeren Rissen. Von den sechs Werkzeugkoffern war nur ein halber übrig, mit Hammer, Nägeln, einem Schraubendreher, einer Schachtel Schrauben, einer Bügelsäge und einem Bohrer, der sich mechanisch drehen ließ. Zum Feueranzünden fand er eine Zwölferpackung Streichholzschachteln und ein Feuerzeug. »Nicht schlecht für den Anfang.« Aber wie lange würde er hier leben können? Jetzt war Anfang Juli. Warm war es bis zum Oktober. Spätestens dann brauchte er einen verlässlichen Herd. Wasser würde er provisorisch filtern können. Das Wasser würde ihn erst auf längere Sicht krank machen oder schwächen können. Schwieriger würde die Beschaffung von Lebensmitteln. Die Landschaft hatte sich in ein Lapidarium gewandelt. Geologen würde diese Vielfalt von Gestein begeistern.

Aber er brauchte Getreide, Kartoffeln, Möhren, Erbsen, Pilze, Tiere. »In der Elbe muss es Fische geben.« Aber konnte er sich darauf verlassen? Wenn er bis Ende September genug ernten sollte, wie ließen sich Getreide und Früchte den

Winter über konservieren? Im unteren Keller, den es nicht mehr gab, hatte er Salz gelagert, eine Räuchervorrichtung und Trockenregale eingebaut.

»Den nächsten Winter kann ich nur überleben, wenn ich überhaupt etwas zum Ernten und Heizen finde und er sehr mild ausfällt.« Deutete diese geschlossene Wolkendecke, die erstens sehr niedrig war und sich zweitens rasch in östlicher Richtung bewegte, einen Klimawandel an? »Darauf kann ich nicht warten!« Die besten Überlebenschancen boten die Küstenlandschaften. Also, alles Material zur Elbe bringen, auf einem möglichst stabilen Floß bis zur Nordsee schippern, dann nach Südwesten. Richtung Niederlande, Belgien, Frankreich, Spanien.

»Irgendwo werde ich auf Überlebende treffen. Hoffentlich zuerst auf Dorle Marxen » Die patente Frau aus der *Aus-Alt-wird-Neu-Preppergruppe* wohnte am Ortsrand von Lauenburg. Beim Entritt einer Katastrophe wollten sie sich zusammentun. Der Fall war da. Sollte Dorle leider nicht kommen, so würde er auf dem weiten Weg bestimmt andere Personen treffen. Dann musste er mit denen einig werden. Das machte ihm keine Angst. Schließlich waren die anderen ja auch Menschen. Er füchtete keine Gewalt. Zwar lagerte er in seinem unteren Keller zwei Gewehre. Aber nur zur Jagd auf Damwild und Wildschweine. Schützen sollten ihn die Gewehre vor Bären oder möglicherweise Wölfen.

In Sachen Waffen gab es einen deutlichen Dissens zwischen amerikanischen Preppern und Gruppen wie seiner. Für US-Prepper bestand der Sinn der Waffen primär darin, sich gegenüber anderen Menschen durchzusetzen. Aber Timo Stulz wollte nicht jeden Menschen gleich als potentiellen Feind sehen. Er misstraute dem Tragen von Waffen zum eigenen Schutz. Was hatte Max Frisch in seinem *Willhelm*

Tell über Soldaten geschrieben? »(...) *es braucht wenig, daß Bewaffnete sich bedroht fühlen.*« Unbewaffnete können alles entspannter sehen.

Dabei war seine Situation in Oldershausen wenig entspannt. Im Gegenteil, sie war kritisch und letztlich unhaltbar. »Ich muss nach Spanien. Also baue ich ein Floß, die *Arche Timo*. Den Namen hätten wir. Der Rest findet sich.«

19.16 h,
Bunker des Kanzleramtes,
Berlin

Bundeskanzler Jörn Kollhuber wollte sich für eine Stunde zurückziehen. Da bat ihn die für den Bunker zuständige Sebastiane Trutz-Fenkrow um ein Gespräch. Sie setzten sich in die kleine Privatkammer des Kanzlers. »Frau Trutz-Fenkrow, welche Entscheidungen stehen an?«

»Es geht um das Insulin für Frau Gemmert-Fuhrmann. Es reicht nur noch für eine Woche.«

»Der erste Sanitäter sagte ihr, es reiche für einen Monat.«

»Er wollte niemanden beunruhigen.« Beide sahen sich an, Jörn Kollhuber hob seine Augenbrauen, Sebastiane von Trutz-Fenkrow blickte ihm in die Augen, schloss langsam ihre Lider. Die Bundestagspräsidentin wusste es also nicht.

»Das war die richtige Entscheidung, Frau Trutz-Fenkrow. Hilft eine Umstellung der Ernährung von Frau Gemmert-Fuhrmann?«

»In ihrem Fall nicht mehr, sagte der Sanitäter. Frau Gemmert-Fuhrmann hat eine

Typ-1-Diabetes. Sie ist auf tägliche Insulindosen angewiesen.«

»Lässt sich das Insulin strecken? Könnten wir alle zwei Tage ein Placebo dazwischen-schieben?«

»Nach Aussage des ersten Sani sind unsere Bunkerdosen gerade das Minimum. Frau Gemmert-Fuhrmanns Zustand werde sich bei Streckung rasch verschlechtern.«

»Na ja … Bei all den Tricks, mit denen sie mich als Bundeskanzler absägen wollte … Aber noch gelten die Regeln der Zivilisation. Weisen sie Oberst Scholz an, er solle eine kleine Crew bilden, die in der Gegend der Charité nach Insulin sucht.«

»Frau Gemmert-Fuhrmann verfügt auch über einen Insulinvorrat in ihrem Bundestagsbüro. Das läge näher. Herr Bundeskanzler, vielleicht sollte die Crew nach einer Reihe von Medikamenten suchen, unter anderem Insulin.«

»Diese Erweiterung ist ein guter Vorschlag, Frau Trutz-Fenkrow. Geben Sie das bitte als Anweisung an Oberst Schulz weiter?«

»Das mache ich gleich, Herr Bundeskanzler. Darf ich privat fragen, wie Sie mit der Ungewissheit über ihre Frau umgehen?«

»Wie alle anderen hier im Bunker. Die Ungewissheit fetzt. Und frisst. Sie wissen doch auch nicht, was mit Ihrem Lebensgefährten ist und dem Pflegekind. Ich sehe hier jeden mit quälenden Fragezeichen im Gesicht herumlaufen. Da können Frau Guhl und ihre Truppe noch so phantasiereich kochen. Dazu bietet der Himmel nur graue Wolken an und die Berliner Luft ist staubig und stinkt.«

»Die Sanis wollen Herrn Kerkreuths Techniker dazu motivieren, im Leseraum Tageslichtlampen gegen Depressionen zu installieren. Sie äußerten außer der Vitamin-D- Beleuchtung noch eine weitere Idee. Die sei selbstverständlich nicht ernst gemeint. Man könne die Speisen mit positiven Stimulanzen würzen.«

»Kein Insulin im Schrank haben, aber Psychodrogen. Können wir diesen Bunker-Sanis vertrauen?«

»Fachlich ja. Alle drei Sanis sind abgebrochene Medizinstudenten. Am fehlenden Insulin sind sie unschuldig. Die Bestellung der Medikamente fällt in meine Zuständigkeit. Insulin wurde für die nächste Woche bestellt, wenn Bunker in Funktion geht.«

»Frau Trutz-Fenkrow, fertigen Sie eine geheime Notiz an. Die unterschreibe ich Ihnen und Sie legen die Notiz in ihr Archiv. Die Sanis sollen der Crew eine Wohlfühldosis in den Kaffee schütten, angemessen, so bald wie möglich und regelmäßig. Ab morgen möchte ich nur noch lachende Gesichter sehen.«

Sonntag, 4. Juli

Als es dämmerte, zitterte Birger nur noch in vereinzelten Stößen, das Fieber sank! Fiona Sandhoff legte ihn glücklich an. Aber er schien zu erschöpft, um zu trinken. Sie führte seinen Mund an ihre Brustwarze, und Birger begann zu saugen. »Endlich, Birger!« Kurz daruf schlief sie fest und traumlos.

Nach einem viel zu kurzen Schlaf wachte sie auf. Sie wusste sofort, dass etwas nicht stimmte. Aber was? Birger lag immer noch auf ihr, aber er trank nicht mehr. Ruhig wie eine Puppe lag er auf ihr. *Zu ruhig!* Schlug sein Herz noch? Es musste doch schlagen! Sie umklammerte Birger und erschrak. Nur seine Bauchseite war warm, mit der er auf ihr lag. Rücken und Po waren kalt. Sie hob ihren Liebling hoch. Die Körperteile, mit denen er auf ihr gelegen hatte, waren blau. Als notorische Krimileserin wusste sie, was das bedeutete. »Blutflecke. Das Blut einer Leiche wird von der Schwerkraft nach unten gezogen. Die Haut macht diese Ansammlungen durch blaue Flecke sichtbar.«

Fiona Sandhoff stand auf, weinen konnte sie nicht mehr, säuberte den nackten Birger, übergoß ihn mit Mineralwasser. Zuerst zog sie ihn an, dann sich selbst. Mit Birger in den Armen setzte sie sich draußen vor den Eingang. Sanft streichelte sie ihn und summte dabei *Alle meine Entchen* und *Ein Vogel wollte Hochzeit machen,* Stunde um Stunde. Gleich würde Bennet kommen, und sie könnten Birger gemeinsam begraben.

Sie hatten sich geeinigt. Hanjo Dunwaldt machte die Räuber-leiter, Peer Friedrich kletterte nach oben. Er war der sportli-chere und würde durch den schmalen Ausstieg auf das Dach der Kabine klettern. Zuerst musste er die Kabine irgendwie an der Schachtwand verkeilen, um sie vor dem Fall in die Tiefe des Schachts sichern. Als nächstes würde er Hanjo Dun-waldt helfen, auch oben auf die Decke der Kabine zu klettern und sie würden gemeinsam versuchen, aus dem Schacht zu kommen. »Vielleicht lassen sich die Türen zum vierten oder dritten Stock ganz leicht öffnen. Nimm auf jeden Fall die Schere mit!«

»Vorsicht! Der Fahrstuhl schwankt schon wieder!«, warnte Hanjo Dunwaldt, zum tausendsten Male. »Ich bewege mich so langsam wie möglich!«, beruhigte ihn Peer Friedrich. Reden ist das eine, Handeln das andere. Er zog sich rasch durch die Lücke nach oben und dachte: »Mir fehlt es einfach an Kondition, um mich im Zeitlupentempo durch die De-cke zu bewegen.« – »Peer, langsam, langsam!« – »Es ist alles gut, Hanjo, ich bin schon so gut wie auf dem Dach!« Peer Friedrich hatte den Oberkörper bis zum Bauchnabel durch die Lücke gezogen. Um sich abzusichern, legte er sich mit Bauch und Brust auf das Dach. Die Konstruktion federte unter seinem Gewicht! Sie wirkte nicht sehr stabil. Wenn sie ungeeignet war, auch nur eine Person zu tragen, könnte er gleich wie Winand Mann auf den Boden des Fahrstuhls stürzen. Knapp vor seinem Kopf verlief eine Stahlstange, die über die Kabinendecke gesapnnt war. Sie bot hoffentlich si-cheren Halt.

Peer Friedrich griff sie mit beiden Händen. Die Stange war wirklich so stabil, dass er nicht einbrechen konnte. Er hielt sich mit der rechten Hand fest und drückte immer fester auf die Platten und das Gestänge. Erleichtert atmete er auf. Das ganze Dach war geschickt konstruiert. Die Schrauben verbanden die Kunststoffplatten fest mit dem tragenden Dachgerippe. Die Fläche federte wohl, aber sie konnte problemlos mehrere Personen tragen. Er ließ die Stange los, drehte sich, setzte sich aufs Dach und zog die Beine durch die Lücke: »So, ich bin oben! Ich sehe mich mal um.«

Er stand auf. Peer Friedrich blickte nach vorn, nach links, nach rechts, nach hinten und schwieg verblüfft. Er strich sich nachdenklich durchs Haar, kniff dann fest die Augen zu, öffnete sie wieder. Ein zweites Mal sah er in alle Richtungen. Dann lachte er, immer lauter und lauter, schüttelte seinen Kopf. »Was ist los?«, rief Hanjo Dunwaldt von unten. Peer Friedrich beugte sich zur Dachluke hinunter und meinte: »Es ist besser, wenn du unten bleibst, Hanjo.« – »Wieso?« –

»Das hier oben willst *du* nicht sehen. Unser Fahrstuhl steckt in keinem Schacht. Er steht auf dem Boden, fest und sicher *auf dem Erdboden!* Nur an der Seite mit unserer Kabinentür ragt eine Mauer einen halben Meter über den Aufzug hinaus. Die Mauer ist wohl der Rest des Aufzugschachts. Den Schacht gibt es nicht mehr, auch das ganze Hochhaus ist weg. Die Bombenexplosion machte Altona und St. Pauli so platt wie den Bodensee. Hier gibt es nur noch einen einzigen, alles überragenden Berg: Unsere Fahrstuhlkabine.«

Gritt Habber kroch zum Busparkplatz. »Hoffentlich kommt Marga. Wir haben uns dort so oft getroffen.« Marga musste ihr helfen. Gestern Abend hatte Gritt sich schwer verletzt. Ein Block, den sie oben auf ihre Pyramide wuchtete, die etwas über ihren Bauchnabel reichte, rutschte sofort wieder herunter, auf ihr ihr rechtes Knie und den rechten Fuß. Ohnmächtig brach sie zusammen. Der Schmerz! Er hörte die ganze Nacht nicht auf. Hatte sie auch nur eine Minute geschlafen? Sie wusste es nicht. Irgendwie hatte sie den Steinblock vom Fuß geschoben. Dass heißt, Marga hatte ihn wegbewegt, nachdem Gritt stundenlang nach ihr gerufen hatte. Kurz vor der Morgendämmerung kam Marga und nahm den Stein fort.

Begeistert hatte Gritt es beobachtet. Aber sobald der Stein nicht mehr auf ihren Fuß drückte, überwältigte sie der Schmerz erneut und riss sie in einen schwarzen Nebel. Als Gritt wieder erwachte, war Marga weg. Wahrscheinlich musste sie einen Burger essen. Zumindest hatte Marga doch gesagt: »Ich gehe zum *Mountain Burger.*« Auch ihre Mutter hatte sich endlich gemeldet, per SMS: »*Das Essen ist fertig! Komm bitte sofort! MAMI*«

Mit letzter Kraft begab Gritt Habber sich zur Bushaltestelle. Gleich würde der Bus sie nach Hause fahren. Die Fahrerin würde den kleinen Umweg zur Charlottenstaße fahren, wo sie wohnte. Ob der Bus auch Marga aus der Eduardstraße abholen könnte? Aber dann wäre der Bus nicht mehr pünktlich. Der Durst. Der Durst plagte sie. Und der Kevin im

Kopf. Sie zog die Hosen herunter, spritze das bisschen Urin in ihre linke Hand, leckte sie ab. Das reichte nicht. Zunge und Gaumen bildeten etwas Speichel, waren sofort wieder trocken. Gritt Habber biss in die linke Daumenkuppe, bis sie blutete. Nun saugte sie ihr eigenes Blut. Sie saugte, bis nur noch einzelne Tropfen flossen. Als nächstes wischte ihren rechten Daumen ab, pustete ihn staubfrei, biss auch dessen Daumenkuppe auf und saugte intensiv. Das Blut aus dem rechten Daumen schmeckte irgendwie besser. Fast so gut wie ein Steak. »Wann kommst du?« Ihre Mutter rief sie! Gleich, im nächsten Augenblick kam sie nach Haus! Mami stellte zu oft die falschen Fragen. »Gritt, darf ich mit zu euch?«, fragte Marga. Da waren noch Norman und Zlatko. Auch sie wollten Gritt Habber nach Hause begleiten.

9.51 h, St. Michaelis, Hamburg

Pfarrerin Hedda Vomwinkel hörte Schritte. Schritte, wieso Schritte? Stolperten da Menschen über das Gelände, auf dem noch vor drei Tagen St. Michaelis stand, der *Michel,* jenes alte Wahrzeichen Hamburgs, inzwischen abgelöst durch Elfie? Sie zwängte sich durch die enge Öffnung der kleinen Sakristei. Wieder blieb sie an der Türangel hängen, holte sich den siebten Riss im Hosenbein. »Wenn ich auch nur zwei Gramm zunähme, passte ich überhaupt nicht mehr durch das Mäulchen der Öffnung.« Draußen sah sie zwei Personen kreuz und quer über den Trümmermix im Kirchengelände stolpern. Die beiden waren in Aktuell-Grau gekleidet. So wie sie selbst. So wie der gebrochene und zerbrochene Boden. So wie der stets staubige Wind. So wie die Wolken. Hamburg kannte nur diese eine Farbe. Aktuell-Grau.

Halleluja, sie kannte die beiden Personen dort! Pfarrerin Hedda Vomwinkel lächelte, rief mit krächzender Stimme: »Frau Kirlund? Herr Kirlund?« Die beiden sahen zu ihr und kamen näher. »Frau Pfarrerin! Sie sind da. Das ist schön. Dann gibt es heute einen Gottesdienst?« – »Gottesdienst? Wieso?« – »Heute ist Sonntag«, sagte Frau Kirlund. »Vor drei Tagen war der Vulkanausbruch«, sagte Herr Kirlund, »am Donnerstag. Dann kamen Freitag und Samstag. Und heute ist Sonntag.«

»Heute ist also Sonntag. Ich muss gestehen, das war mir nicht bewusst. Ich bin nur hier, weil die halbe Sakristei stehen blieb. Die ist noch mein Lebensmittelpunkt, ich lebe vom Abendmahlswein und den Hostienpaketen.« Kirlunds gegenüber konnte sie so offen reden. Die beiden waren mehr als nur brave Gemeindemitglieder. Ihre Unterfrömmigkeit lebte von Gewitzheit und Aktivität. Pfarrerin Hedda Vomwinkel hatte vergeblich versucht, einen von ihnen dazu zu bringen, sich zu Gemeindeältesten wählen zu lassen. »Für diesen Dienst sind andere berufen!«, lehnten beide katagorisch ab, jeder für sich.

»Am Donnerstag war ich gerade in der Sakristei, als das Gerumpel tobte. Ein Karton stürzte auf mich. Irgendwann wachte ich auf und fand überall nur Durcheinander vor. Ein Durcheinander von Schrott aller Sorten, manchmal sogar Leichenteilen. Wissen Sie genau, was los ist? Ich begegnete bisher keinem einzigem Menschen, keinem Helfer, niemandem, der aufräumt; kann niemanden erreichen, erfahre nichts. Das Smartphone empfängt kein Netz, auch nicht das Internet. Fernseher und Radio hatte ich in der Wohnung, aber meine Kuschelstuben gibt es nicht mehr. Auch St. Michaelis ist verschwunden, so wie unsere Altstadt. Sind sie darüber informiert, was passiert ist?«

Herr Kirlund zuckte mit den Achseln: »Meine Frau meint, es müsse sich um Atombomben handeln. Weil hier alles verseucht sei, traue sich niemand nach Hamburg. Aber zur Explosion von Atombomben gehören doch regelrechte Feuerwände, nicht wahr? Wir sahen nur normale Brandspuren. Auch der Oberkörper gestern war nur angekokelt.« – »Angebrannte Leichenteile?«, schauderte Hedda Vomwinkel. »Wir selbst waren im Schwimmbad, als der Teufel die Welt durchschüttelte, mit dem *Golden-Ager-Klub Altstadt*. Wir überlebten, weil wir im Umkleidebereich waren. Da war glücklicherweise alles mit Holz getäfelt. Das Holz begrub und beschützte uns. Wir erwachten mitten im Duschbereich. Über uns stapelte sich das Holz bis zur Decke, die es gar nicht mehr gab. Das hat uns gerettet.«

»Und wo leben sie jetzt?« – »Immer noch dort. Wasser gibt es im Nichtschwimmerbecken. Das sinkt aber jeden Tag. Und Essbares fanden wir Bereich der Umkleidekabinen.«

– »Wir wären Ihnen sehr dankbar«, fragte Frau Kirlund zögernd, »Können Sie einen kleinen Wortgottesdienst gestalten? Ein Gottesdienst täte uns sicher gut. Lassen Sie uns heute Abend erneut hier zusammenkommen und überlegen, wie es weitergehen kann. Wir sind drei, das eröffnet doch viele Möglichkeiten. Wir müssen unser Leben organisieren, wo doch alle Infrastruktur fehlt.« Klare Worte, gute Worte. Da klang etwas von Zukunft an. Die Gegenwart bot keine Perspektiven. Kirlunds lebten wirklich mit beiden Beinen auf der Erde.

Pfarrerin Hedda Vomwinkel kroch in die Saktristei, fand unten keine Bibel, wohl ein Exemplar der Losungen der Herrnhuter Brüdergemeine. Dem achten Riss in der Hose folgte ihre kleinlaute Erklärung, dass in St. Michaelis keine einzige Bibel mehr zu finden sei. Dass sie während der ganzen Zeit auch keine Bibel gesucht hatte, ließ sie jetzt außen vor. Die Losung für den 4. Juli war eine Herausforderung. Erst als sie ihn vorgelesen hatte, ging ihr auf, was da stand.

»2. Mose 32, 12. Ach, HERR, kehre dich ab von deinem glühenden Zorn und lass dich des Unheils gereuen, dass du über dein Volk bringen willst.« – Toll, also war Gott für das Desaster verantwortlich. Er hatte mal kurz auf Hamburg getippt, der liebe Gott. Jetzt war das Unheil einer zweiten Sintflut geschehen und es gab kein Volk mehr. Doch, drei Menschen standen hier. Nur waren sie im Gegensatz zu Noah und seiner Familie impotent und konnten keine neue Menschheit zeugen.

Sie las die Losung erneut vor und konzentrierte sich auf Gottes glühenden Zorn. »Es gäbe gute Gründe für Gott, zornig zu sein. Da sind die Menschen, Christen nennen wir uns, die seinen Namen gebrauchen, um ihre eigene Lebensführung zu rechtfertigen. Da sind die, die seinen Namen missbrauchen, um anderen ihre schrägen Ideologien aufzuzwingen. Da sind die, die ihm eine Frage nach der anderen stellen, aber nie auf seine Antworten hören. Da sind die, die ihn in Frage stellen, und seine deutlichen Zeichen nicht sehen. Da sind die, die wissen, dass es ihn nicht gibt, denn schließlich ist jeder Mensch selbst Gott. Da sind die, die Gott als Lametta gebrauchen, zur Ausschmückung von Taufe, Konfirmation, Eheschließung, Begräbnis. Da sind die, die wissen, dass Gott nicht der sein kann, den die Kirchen verkünden. Da sind die, die sonntags treu zur Kirche gehen und alltags mit ihren Mitmenschen sturr nach den Buchstaben ihrer Vorschriften verfahren. Gott hat allerbeste Gründe für seinen unendlichen Zorn.

Stände Gott hinter dieser Katastrophe, wer könnte ihm einen Vorwurf machen? Die, die sowieso nicht an ihn glauben? Die, die alles besser machen könnten und alles besser machen würden als Gott? Wir, die wir in unserem Alltag Gott kein Vertrauen schenken und ihn durch unser Verhalten – das, was wir tun und das, was wir nichttun – kränken und beleidigen?

Aber seit Jesus Christus kam, wissen wir, Gott ist geduldiger mit uns als wir selbst. In Jerusalem gibt es ein leeres Grab. Das steht für Gottes Liebe und sein Angebot einer Zukunft für uns. Glauben wir ihm, vertrauen wir ihm.« Sie beteten das Vaterunser. Hedda Vomwinkel, in diesem Augenblick wieder Pfarrerin, sprach den Segen.

Abends würden sie sich erneut im Schatten von St. Michaelis treffen. Abends, wann war das? Das war die Tageszeit, in der die Wolkendecke dunkelgrau wurde. Nachts war sie schwarz. Wenn Uhren nicht mehr funktionieren, werden Tag und Nacht vom Himmel bestimmt.

12.00 h,
Bunker des Kanzleramtes,
Berlin

Die zweite Katastrophe hatte ihnen alles abverlangt. Die kleine Katastrophe. Der Brand war in der Küche des Regierungsbunkers ausgebrochen. Seit Donnerstag schlossen sich die Feuertüren nicht mehr automatisch, wenn ein Feuer ausbrach. Das war bis zum Brand niemandem aufgefallen. Held des Tages war der stellvertretende Regierungssprecher Hagen Grusk. Er hatte die gesamte Bunker-Crew über die inzwischen installierten Lautsprecher informiert, durch sein besonnenes Auftreten keine Hektik aufkommen lassen und dadurch, dass er wirklich alles zur Brandbekämpfung im Bunker wusste, den Einsatz perfekt geleitet. Hagen Grusk wusste, wo Feuerwehrschläuche und Atemmasken lagen, die Zentralbelüftung ausgesschaltet werden konnte und sich die Anlage zur Steuerung der Notstromversorgung befand.

Der Brand machte den 106 Menschen, die im Bunker lebten, die Verletzlichkeit ihres Aufenthaltsorts bewusst. Sie brauchten dieses Nest, es gab keine zweite Chance. Alle liefen mit Atemschutzmasken herum, fanden durch Rauchschwaden bis zum eigentlich kleinen Feuer und löschten dieses schnell. Der Rauch wurde zum Hauptproblem. Er kroch in jede Ritze des Bunkers und trübte das Licht erheblich. Manchmal lagen oder kauerten Menschen in einem Gang. Die eigene Panik bekämpfen. Später überall 5 cm Wasser auf dem Boden.

Die allerletzten Reserven forderte das anschließende Aufräumen und Putzen. Der Russ musste so rasch wie möglich entfernt werden. In jedem Gang, an allen Objekten. Flure, Wände und Decken, Türen, Schalter, Leitungen, Instumente, Schreibtische, Bilder, Dekorationsmaterial, Tassen, Besteck, Konserven, Schachteln, Container, Kleidung … »Warum hat der Brand nur so wenig vernichtet? Jetzt müssen wir jedes einzelne Blatt Toilettenpapier putzen«, murrten einige.

Der Kurzschluss im zweiten Backofen forderte bisher ein Menschenleben. Herr Dietrich Neu, der zweite Koch, war tot. Oberst Vincente Scholz rang wegen einer Rauchvergiftung mit dem Tod. Fünf weitere Personen, alle zum Bereich Küche gehörend, lagen auf der Krankenstation. Morgen konnten sie entlassen werden. »Dieser Obernarr von Oberst«, ärgerte sich Bundeskanzler Jörn Kollhuber. »Muss unbedingt Vorbild spielen wollen und nicht auf die Verteilung der Atemmasken waren. Wir brauchen keine Helden. Die Leute sollen ihre Aufgaben erledigen. Mehr nicht! Wenn Scholz stirbt, bekommt er keinen Orden. Wenn er überlebt, trete ich ihm in den Arsch.«

Oberingenieur Moritz Kerkreuth kam mit einer erschreckenden Nachricht: »Wir haben nur noch für zehn Tage Wasser. Für Löschen und Reinigen wurden 90% des Wasservorrats verbraucht.«

»Bilden Sie eine Einheit zum Beschaffen von Wasser und zum Filtern von Trinkwasser. Irgendwo muss die Spree doch herfließen.« – »Nicht in einem Radius von einem Kilometer um unser Quartier. Da finden sie keinen Fluss, keinen Kanal, keinen See, keinen Teich. Die Erde ist bis in die Tiefen, die wir erreichen können, zerrieben und geborsten. Es gibt keine wasserundurchlässigen Schichten mehr. Alles Wasser floss nach unten weg. Zu unserem Bunker gehört ein Grundwasserbrunnen in 90 Metern Tiefe. Der ist trocken. Wüstentrocken.«

Captain Maureen Winter griff zum Klappspaten, ließ ihn einrasten und sagte zu ihm: »Daniel Murray, dein Grab kommt auch in das dritte Feld.« Seine Brüder nickten, tanzten mit ihm. Sie stapfen durch den tiefen Schnee, lieferten sich eine Schneeballschlacht. Erst lachten alle aus vollem Hals. Dann gerieten Steine in die Schneebälle. Wie immer kämpften die beiden gegen ihn. Aber er hatte angefangen, mit den Steinen. Captain Winter hatte Länge und Breite der Grube markiert.

Es würde ein schönes und großes Bett. Sie hob die Oberfläche aus, trug die Erdklumpen bis zum Wasser, warf sie dort hinein. Lachte sie, weinte sie? Trug sie ihre bequemen Sandalen? Guy Fawkes half ihr und zündete ein Pulverfass in seinem Grab. Seine Brüder forderten *penny for the guy!*

Daniel Murray griff zum Klappspaten, torkelte, hob mit Mühe eine Handbreit Erde aus. Die Ginflasche war leer. Er warf sie fort. Sie flog durch die Köpfe seiner Brüder und spaltete den Kopf eines Elefanten. Er brauchte lange, um den nächsten Koffer zu finden, noch mehr Zeit für die Suche nach dem Beil. Warum nur hatte er es zur Seite gelegt? Er schlief ein. Seine Mutter weckte ihn oder war es Fanny? Er versuchte, seine zitternde Hand nach ihr auszustrecken, aber sie verschwand im gleißenden Sonnenlicht. »Das Grab. Wir müssen fertigwerden.« Hagrid lief über seine Hand. Hagrid, sein geliebter Hamster, den seine Brüder vergifteten.

Er trank irgendeine Flüssigkeit aus dem nächsten Koffer, den das Beil in viele Teile zerlegt hatte. In seinem Magen brannte es. Das faszinierende Feuerwerk zum Jahrtausendwechsel. Er hatte es erlebt. Wie viele Leben hat ein Mensch? Er schaufelte. Scheibchenweise. Wie sollte er sein Grab markieren? Das konnte er seinen Brüdern überlassen. Er schaufelte. Fanny würde weinen. Er schaufelte. Hagrid schickte Grüße. Er schaufelte.

Osiris nahm Platz auf dem Richterstuhl. Seine grünen und unergründlichen Augen leuchteten:
Mensch 13.864.207.552 /-/ 31 Jahre, 10 Monate, 29 Tage /-/ Daniel Murray

Anubis legte das Herz des Menschen 13.864.207.552 auf die Waage. Sie kam nicht ins Gleichgewicht. Ammit beugte

175

seinen Krokodilkopf über das Herz, öffnete sein rächendes Maul. Daniel Murray zählte 440 Zähne in 15 Zahnreihen. Er schaufelte Erde in die Waagschale. Sie sank und katapultierte seine Seele in den Himmel. Da waren erst Licht und Wärme, dann nur noch Finsternis, Unendlichkeit, Leere … absolutes Nichts.

»Willkommen!«, riefen seine Großeltern, alle vier. Er schaufelte. Körnchenweise. Wind kam auf, hob ihn, wirbelte ihn im Kreis um das Flugzeug und stubste ihn in die Badewanne. »Irrtum!«, schrie Daniel Murray, »Du legst mich in das falsche Grab!« – »Das weiß ich doch!«, lächelte der Wind.

16.36 h,
Zwei Kilometer nördlich von Winsen an der Luhe

Marina Rofting starrte auf Otwald Luttebaum. Seit Ewigkeiten. Der quälende Sturm nahm kein Ende. Feinste Ascheteile flogen aus Richtung Hamburg genau in ihre Richtung. Sie musste nach Winsen an der Luhe. Der heftige Wind stank. Mal roch er modrig, mal nach erloschener Glut, zwischendurch nach verschimmeltem Brot. Die Sicht reichte nur drei Autolängen weit, die Aschepartikel lagerten sich auf Kleidung, Schuhe, Strümpfe, Hände, Haare, Hals und Gesicht. Sie drangen in die Ohren, die Nase, den Mund, die Augen. »Wenn ich nach Hause komme, dusche ich erst einmal einen halben Tag.«

Otwald Luttebaum interessierte die Asche nicht. Er sah stur in Richtung Winsen an der Luhe. »Gleich erhebt er sich und geht weiter. Gleich.« Seit sie ihn entdeckt hatte, lag er am Boden, starrte in Richtung Winsen und wartete auf das

Ende des Sturms. Marina Rofting wusste nicht, wie sie es bis zu ihm geschafft hatte. Überhaupt, wie war es ihr gelungen, ihn zu finden? Es sah überall gleich aus, wirklich. In Altona, in Billbrook, in Moorfleet und hier kurz vor Winsen. Flach, absichtslos flach, bestand die Oberfläche aus durcheinander geschütteten Brocken, meist in der Größe von Pralinenschachteln. Garniert mit Plastikteilen, Papierfetzen, Knochensplittern, Menschenhaut mit und ohne Tätowierungen, Hundepfoten. Sie hatte auch den Kopf eines Tigers gesehen, wirklich! Oder fantasierte sie? In der Nähe von Otwald Luttebaum war sie über drei Meter Darm gestolpert.

Der graue Himmel war so dicht, dass sie die Position der Sonne nicht bestimmen konnte. Die Luft schmeckte abscheulich. »Das macht das Sterben einfacher.« Die stechenden Schmerzen in den Gelenken. Bei jeder Bewegung. Die trockene Haut, die schlaff herunterhing, voller Flecken, der bittere trockene Geschmack im Mund. Herrn Luttebaums zweite Teeflasche war staubtrocken. »Für ihn wäre noch alles okay, wenn er mir nicht begegnet wäre. Ohne mich hätte er Winsen erreicht.« Sollte sie in ihren Arm schießen und ihm ihr Blut zu trinken geben?

Würde er das noch wahrnehmen? Konnte er überhaupt noch trinken? Sie robbte sich an ihn heran und berührte ihn. Er zeigte keine Reflexe, bewegte sich nicht.

Marina Rofting griff zu ihrer Dienstwaffe, schoss in die Luft. Der Ascheflug stand still. Otwald Luttebaum zuckte kein bisschen. Sie sah in Richtung Winsen. Wieso hatte auch sie gewusst, wo Winsen an der Luhe lag? Weil dort die Sonne schien! Links vom Ortseingangsschild graste eine Herde Kühe auf einer dunkelgrünen Weide, rechts landete ein Schwarm Enten auf einem kleinen See, durch den zwei Schwäne schwammen. Etwas weiter weg sah Marina Rofting einen schrägen Kirchturm und das Restaurant *Der Fisch ist frisch*. Ein Linienbus kam und fuhr in ihre Richtung. Das Motorgebrumm wurde immer stärker. »Herr Luttebaum, gleich sind wir gerettet!«, sagte Marina Rofting mit lauter Stimme.

Der Scheinwerfer des Busses erfasste die beiden. Sie winkte. Der Bus bremste, blieb stehen. Die Werbeflächen priesen Buttermilch an. Bustüren öffneten sich, vorne und hinten. Sie erhob sich und bemerkte, dass der Bus leer war. Stürmischer Wind tanzte um den Bus. Seine Aschemoleküle hüllten den knallroten Bus ein, färbten seine Karosserie glänzend Grau. Marina Rofting saß auf dem Boden, direkt neben Otwald Luttebaum. Hatte sie überhaupt gestanden? Der Schmerz wich, langsam, ihr Körper öffnete sich dem Tod. Sie starrte auf Otwald Luttebaum, fasste seine Hand, ließ sich ganz auf den Boden sinken, schloss einfach die Augen. »Heute werden in London zwei Fenster geöffnet.«

17.20 h, Sophienallee, Hamburg

Gritt Habber brüllte vergeblich die Wolken an. Ihr ausgetrockneter Mund forderte sie auf: »Regnet! Spuckt euch aus!« Die Wolken hörten ihre stummen Schreie nicht. Sie zogen vorbei, hunderte, tausende. Schnell, grau und still. Diese Todesstille war noch ätzender als Hanne. Diese bitch hatte bei ihr sowieso verschnarcht. Gritt I., die neue Königin, erließ augenblicklich ein Gesetz gegen Stille in der Öffentlichkeit. Es mussten immer Geräusche von 65 Dezibel zu hören sein. Fahradklingeln. Taubengurren. Husten. Lachen.

Busse. »Das zweite Gesetz ist das Todesurteil für alle Weibsen, deren Name Hanne ist.« Gritt Habber lachte. »Ich hab einen Kevin im Gehirn.« Sie schlich in die Richtung, in der sie vorgestern die Flasche mit dem halben Zentimeter Glibberlutsch gefunden hatte, viel zu süß! Und doch Flüssigkeit, Leben! Dort würde eine zweite Flasche liegen. Eine volle Flasche Leben.

Staub, nichts als Staub. Auf dem Boden. Auf der Hose, den Armen und Händen. In ihren Schuhen. In der Unterwäsche. In den Ohren, der Nase, dem Mund. Staub verschleierte ihre Augen. Ihn auszuschlagen, ihn abzuwischen war zwecklos. Auch Pusten brachte nichts. Denn auch in ihrer Lunge lagerte nur Staub. »Zu Staub sollt ihr werden!« Gab es nicht so einen Spruch? Der Staub nagte an ihr, frass sie auf. »Jetzt einen Pudding jodeln! Eine Tasse Tee wäre mir lieber.« Wenn sie erst den Tee getrunken hatte, würde sie einen Besen suchen und den ganzen Staub Eimsbüttels wegfegen. »Hilfst du mir dabei?«, fragte sie Marga. Die nickte zustimmend hinter ihrem Schmutzschleier, sagte aber nichts. Auch Marga konnte nicht sprechen. Der Durst. Gritt Habber krümmte sich vor Schmerz. Warum ließ der Durst sie solche Schmerzen leiden? Waren das die Nieren? Oder die Leber? Dass der Körper so jämmerlich nach Wasser schreien konnte. Der Schmerz stieg in ihren Kopf, ließ sie zusammenklappen.

Gritt erwachte mit hämmernden Kopfschmerzen. »Meine Chancen sind gering«, überlegte sie, während sie automatisch den Daumen abrieb, ihn sauber pustete, in den Mund steckte, wieder die Daumenkuppe aufbiss und das Blut nuckelte. »Hier in Eimsbüttel ist alles zerstört. Die Welt besteht nur noch aus Steinen und Staub. Ich finde keine Läden, nichts zu essen und zu trinken. Seit drei Tagen habe ich keinen einzigen Menschen gesehen. Wo sind meine Eltern und Marga?

Ich weiß es nicht. Ich habe auch keine Ahnung, wo ich sie suchen soll. Auch Tiere habe ich keine gesehen. Nur zwei tote Hunde und vier tote Vögel. Es kann doch nicht sein, dass alle anderen Menschen tot sind! Selbst Marga, Mami und Papi?

Was soll ich jetzt machen? Vor zwei Tagen hätte ich noch weite Strecken laufen können. Jetzt bin ich durstig und schwach. Wenn ich 30 Schritte gegangen bin, muss ich eine Pause einlegen. Ich kann keine Richtung halten. Überall sieht es gleich aus. Der nächste Fluss wäre die Elbe im Süden. Aber wo liegt Süden? Verdammter Kevin im Gehirn! Ich kann nicht mehr denken! Die gleichmäßige Färbung der Steine in Richtung rechts, das könnte die Eimsbütteler Straße sein. Die verläuft in Richtung Süden. Da muss ich lang und baue am Ende der Straße einen zweiten Turm. Wenn ich später immer weiter in Verlängerung des Sophienturms und des Eimsbütteler Turms gehe, gelange ich weiter nach Süden. So müssen wir das machen, Marga!«

Marga war nicht da. Natürlich nicht. Leider nicht. Aber sie musste so tun. Beim Gedanken, allein zu sein auf der Welt, wurde sie verrückt. Sie richtete sich auf, ging los. Trotz der Kopfschmerzen. Nach drei Schritten stolperte sie. Ihre Stirn schlug heftig gegen eine Betonkante. Das harte Geräusch des Aufschlags hörte Gritt Habber nicht mehr.

18.09 h, Fruchtallee, Hamburg

Bennet Sandhoff kam nicht. Seine Frau hatte ihren Platz keine Sekunde verlassen. Fiona Sandhoff hatte nichts gegessen, nichts getrunken, immer nur Birger geschaukelt und in alle Richtungen geschaut, immer wieder »*Bennet!*« gerufen. Sie war erschöpft, sie war leer, konnte Birger nicht mehr halten und legte ihn in ihren Schoss. Ihr Mund, ihre Nase waren trocken, die Augen brannten. Die Haut juckte. Magen und Darm schmerzten. Taten die Schließmuskeln ihren Dienst? Sie hatte keine Kontrolle darüber. Das Elendste war die Gleichgültigkeit im Kopf, diese Spieluhr, deren Glöckchen sehr leise, aber ohne Unterbrechung spielten:

»Bennet weg, Barnd weg, Berit weg, Birger weg.
Bennet fort, Barnd fort, Berit fort, Birger fort.
Bennet tot, Barnd tot, Berit tot, Birger tot.
Bennet aus, Barnd aus, Berit aus, Birger aus.«

Sie legte Birger neben sich, schaffte es irgendwie zu den Flaschen hinunter, trank einen ganzen Liter und verschlang alle Kekse. Kaum war der letzte Keks gegessen, spuckte sie alles wieder aus. Restlos alles. Ihr Mund war voll von Galle. Sie musste sich hinlegen. Irgendwann wachte sie im Dunkeln auf. Die Bitterkeit im Mund und in der Nase, selbst in den Augen, tat ihr gut. Sie kroch zu Birger, brachte ihn zum Schacht und ließ ihn kopfüber in die Tiefe gleiten. »Bald sind wir wieder zusammen, Birger.«

Morgen, am nächsten grauen, staubigen Tag musste auch Birger mit Steinen und Asche bedeckt werden. Sie würde ihm folgen. »Mein sinnloses Leben wird ein sinnvolles Opfer für die Ratten, Bennet.«

Der Prepper Timo Stulz erreichte den Elbesee zum dritten Mal. Das floßähnliche Gefährt war nun endgültig bepackt, alles Notwendige, das er noch nutzen konnte, zusammen. »Nichts ist so, wie es sein sollte. Keine Technik verursachte die Katastrophe, kein Ausfall aller Elektrizität in Westeuropa, keine Kriegswaffen, kein Zusammenbruch des digitalen Netzes. Die Natur schlug zu, aber ich weiß nicht, wie. Der einzige Mensch, dem ich begegnete, war ich selbst. Von allem jahrelang zusammengestellten Material steht mir nur ein Hundertstel zur Verfügung. Auf das Ende der Welt war ich vorbereitet, aber nicht auf diese schräge Komödie.«

Nach genaueren Überlegungen hieß sein Ziel nun Afrika. Die nächste Ecke der Welt, wo jeden Tag etwas wuchs. Dorle Marxen, wo war sie? Von ihrer Garage begraben, in Lauenburg im Supermarkt oder in *ihrem* Prepperkeller? Sie war nicht gekommen, wie sie es für den Fall einer Katastrophe vereinbart hatten, hatte keines der vereinbarten Zeichen gegeben. Auch *Titan*, ihr Boxer, vier Jahre alt, kräftig und klug, kam nicht. Sie hatte ihn für Katastrophenfälle dressiert. Spuren folgen, Apportieren, sich totstellen. *Titan* war *Pharao* in fast allen Disziplinen überlegen. In dieser Situation wäre er eine wichtige Stütze. *Pharao* auch.

Timo Stulz sah fünf Schilfpflanzen. »Erstens: Hier muss das Elbufer gewesen sein. Zweitens: Wurzeln von Schilfpflanzen sind essbar.« Er griff zum Klappmesser, grub die Schilfplanzen mit unterschiedlichem Erfolg aus. Zwei konnte er bis 15 cm unter der Oberfläche herausgraben, zwei ganz herausziehen. Zum Ausgraben der fünften Wurzel wollte er keine weitere Kraft verschwenden. Er schälte die Wurzeln, roch, leckte, biss ein Stückchen ab und kaute. »Holla, da ist ein bitterer Beigeschmack. Habe ich etwas gegen Durchfall in der heute Mittag gefundenen Mini-Apotheke? Gegen Gift habe ich nichts. Aber das meiste Gift wirkt erst durch eine hohe Dosis.« Also nahm er nur zwei ordentliche Bissen zu sich, kaute diese intensiv und verstaute den Rest auf dem Floss. Schilfwurzeln würden niemals zu seinem Lieblingsessen.

Kurz darauf verließ er mit der *Arche Timo* seine Heimat. Als er das Floß abstieß, war der Wasserspiegel merkbar gesunken. Das Wasser reichte nur noch bis zu den Waden. Vor einer Stunde stand er hier noch hüfthoch im Wasser. »Hoffentlich bleibe ich beim Staken nicht irgendwo hängen! Wirkt sich die Tide durch Änderungen des Verlaufs der Elbe bis hierhin aus?« Während er ruhig weiterstakte, überlegte er, wie er den Wechsel der Gezeiten für seine Küstentour nutzen konnte. Dorle hätte ihn über jede Möglichkeit dazu informieren können. Sie war mit Küste und Meer verheiratet. Sollte er eine Totenzeremonie gestalten, für Dorle und ihren *Titan?* »Nein! Ich *will nicht* glauben, dass sie tot sind. So weit ist es noch lange nicht. Dorle kann mich jeden Moment mit ihrem eigenen Floß überholen! Sie sagt von sich selber, dass sie sieben Leben hat, wie eine Katze.«

Von einer Sekunde zur anderen unterbrach Timo Stulz das Staken. Instinktiv spürte er Bedrohung. Er sah sich nach allen Seiten um. Etwas veränderte sich. Tanzte das Wasser? Zitterte die Erde? Was war das da hinten, aus Richtung Norden? Da kam etwas auf ihn zu, rasch und breit wie der Horizont. Ein Sturm oder eine Wolke mit Überschallgeschwindigkeit? War das etwa eine Welle? Eine haushohe Welle?

Kapitän John B. Wakefield musste drei Probleme zugleich lösen. Die Fotografiin Ninette David hatte in stiller Verschwiegenheit eine Gruppe von vier Journalisten um sich geschart, drei Männer und eine Frau. Diese Gruppe, die sich selbst die *Entdecker* nannte, wollte morgen von Bord gehen und zu einer längeren Erkundungstour aufbrechen. »Zuerst Hamburg, dann Cuxhaven, Bremerhaven und zum Schluss Bremen«, hatte Ninette David ihm vor einer Stunde erläutert. Sie würden über Funk Verbindung halten und alle sechs Stunden berichten. »Damit sind wir der erweitere Horizont des Schiffes«, versuchte sie ihm diesen Ausbruch schmackhaft zu machen.

»Es spricht für Frau David, dass sie ihren Plan nicht an die große Glocke hängte«, sagte Kapitän Wakefield zum 2. nautischen Offizier Jan Saulaityté, mit dem er die Punkte besprach. »Aber wenn wir die fünf gehen lassen, wollen andere das auch. Dann bräche unsere Gemeinschaft zu früh auseinander. Erst in einem Monat sind alle Verletzten fit. Bis dahin wird alles Material gesichtet und hergerichtet sein. Damit sind wir perfekt für den Marsch nach Oostende ausgerüstet. Von dort sollten wir nach Dover übersetzen können. Jetzt darf niemand das Schiff verlassen, auch nicht die *Entdecker*. Wir brauchen jede Hand zur Pflege der Verletzten, zur Vorbereitung des Marsches und für die alltägliche Versorgung mit Nahrung. Das *Projekt Dover* ist für alle verbindlich.«

Jan Saulaityté sah den Kapitän Wakefield prüfend an: »Ihnen ist bekannt, dass einige an Bord anderer Meinung sind?

Im Flurfunk munkeln diese Leute, jeder solle selbst entscheiden, ob er die *ONE PINK ONE* verlassen möchte. Oostende läge viel zu weit entfernt. Marschierten alle 900 an Bord der *ONE PINK ONE* als ein Heer los, kämen wir nur quälend langsam voran. Nach dem Unglück trüge niemand mehr die Verantwortung für die Passagiere. Jeder sei sein eigener Herr. Die Katastrophe habe alle Karten neu gemischt.«

»Mister Saulaityté, solange wir auf diesem Schiff sind, gilt das Seerecht! Solange bin *ich* der für alles verantwortliche Kapitän. Davon darf ich mich selbst nicht entbinden und auch sonst niemand. Überlegen Sie, was geschieht, wenn Sie und ich das Schiff einfach verlassen? Was wird sich an Bord der *ONE PINK ONE* ereignen?«

»Das stelle ich mir lieber nicht vor, Commander! Aber warum wollen Sie sich mit 900 Leuten auf den Weg nach Dover machen, Kapitän Wakefield?«

»Zwei Antworten dazu, zuerst die offizielle. Auch für mich wäre es das Einfachste, mit Ihnen und zehn weiteren guten Leuten ein eigenes *Projekt Dover* zu starten. Wir kämen rascher vorwärts, es gäbe weniger Probleme, unser kleines Orchester funktionierte bestens. Wenn wir in einem Monat mit 900 Leuten starten, bedeutet das 3.000 Meinungen, 1.500 Probleme, jede Minute Aggressionen und Konflikte. Aber die Katastrophe hat uns gemeinsam getroffen und wir bewältigen sie am besten gemeinsam. Je mehr wir sind, umso größer ist unser Pool an Fähigkeiten, Geschick und Ideen. Wir wissen gar nicht, welche Anforderungen auf uns zukommen. Senior Murcia sitzt zwar im Rollstuhl, aber er ist der findigste Ingenieur an Bord. Unsere Techniker brauchen ihn. Mit jedem, von dem wir uns trennen, dem jüngsten oder dem ältesten, dem Stärksten oder dem Schwächsten, verlieren wir eine Chance.«

»Aber wie wollen Sie während des Marsches verhindern, dass ein Teil der Leute seine eigenen Wege geht? Bestimmt planen das einige schon jetzt.«

»Gerade trug ich Ihnen vor, was bis zum Tag des Aufbruchs offiziell gilt, Officer! Meine zweite Antwort, Mister Saulaityté, ist inoffiziell und bisher nur für die Offiziere bestimmt. Darüber haben Sie zu schweigen! Ich will und werde während des *Projekts Dover* gar nicht verhindern, dass ein Teil sich davonschleicht. Wir dürfen nur nicht zulassen, dass diese Gruppen Lebensmittel und Material stehlen, das die Gemeinschaft benötigt. Zurzeit aber haben wir mehr Verletzte als Gesunde an Bord. Niemand verlässt das Schiff, bevor alle wieder beweglich sind. In vier Wochen kann jeder für sich selbst entscheiden. Wer will, geht einzeln, andere paarweise oder in Gruppen, wohin auch immer sie wollen. Die meisten werden sich dem *Projekt Dover* anschließen. Sie wissen, dass sie meiner Führung vertrauen können und dass ich alles Erdenkliche tun werde, um sie wirklich nach Dover zu bringen. Das ist eine schwierige Aufgabe. Ich bin Kapitän, aber kein General. Ein Schiff beherrsche ich, eine Karawane führte ich noch nie.«

»Kapitän Wakefield, nichts zwingt Sie dazu, diese Aufgabe zu übernehmen. Wir haben einige Manager an Bord, denen die Führung der Dover-Karawane zuzutrauen wäre. Fällt es Ihnen in Wahrheit nicht schwer, sich vom Chefsessel zu trennen?«

»Was für eine respektlose Frage! Darüber werde ich nachdenken, wenn ich meine Memoiren schreibe. Stellen sie sich einfach die Frage: Wenn ein Boß für das *Projekt Dover* gewählt würde und ich mich zur Wahl stellte, wie groß wären meine Chancen?« Spontan antwortete Saulaityté: »Alle wählten selbstverständlich Sie zum Boß, Sir!« – »Ich dürfte nicht nein sagen, selbst wenn ich das wollte.«

Der Rudergänger unterbrach ihr Gespräch: »Kapitän, das Wasser im Hafenbecken sinkt

rapide. Ich meine, es fließt stromabwärts.« Tatsächlich hatte sich der Wasserspiegel merkbar gesenkt. »Liegt die ONE PINK ONE noch stabil?«, fragte der Kapitän. »Sie neigt sich unmerklich zu Seite, bisher nur um einen halben Grad.« – »Da, wo wir die Lecks nicht schließen konnten, kann die Schiffswand weiter aufreißen«, sorgte sich Offizier Saulaityté, »Soll ich das kontrollieren?«

Kapitän Wakefield reagierte nicht. Er sah elbabwärts. »Wie hoch wird der Tsunami werden?«, fragte er leise. »Ein Tsunami? Hier in Hamburg, 100 km hinter der Küstenlinie?«, schüttelte Saulaitité den Kopf. »Wir haben den Weg nach Hamburg gefunden, der Tsunami wird ihn auch finden. Warum sonst läuft das Wasser ab?« – »Die Elbe ist 50 km lang eine Badewanne, über deren Rand der Tsunami nach rechts und links seine Kraft abgibt. Wenn hier noch etwas von ihm anrollt, dann wird er allerhöchstens die Kaft haben, unser Schiff etwas zu schaukeln«, lachte Sualaityté.

Kapitän Wakefield wies alle an Bord per Lautsprecher an: »Achtung, eine Warnung und Übung. Ein schwerer Sturm kommt mit großer Geschwindigkeit auf uns zu. Bitte alle Türen schließen. Alle Geräte verstauen und sichern. Jeder sucht sich einen Platz, an dem er sicher ist vor herumfliegenden Teilen. Zeit: vier Minuten.«

Eine Minute später wiederholte der Rudergänger Kapitän Wakefields Anordnung: »Achtung, Alarm! Dringende Anweisung für alle Passagiere und Besatzungsmitglieder! Geräte und Gegenstände sichern und verstauen. Türen und Bullaugen schließen. Sich selbst einen sicheren Platz suchen. Sturmwarnung. Dies ist keine Übung mehr.« In weiter Ferne wurde eine Wasserwand sichtbar. Kapitän John B. Wakefield befahl:

Nur ich bleibe auf der Brücke. Alle anderen begeben sich an ihre Plätze im Schiff.« – »Aber Kapitän, Sie können sich doch nicht dieser Gefahr aussetzen!« – »Soll ich anordnen, dass Sie auf der Brücke bleiben, Officer?«

Die Energie des Tsunamis hob die *ONE PINK ONE* im Bugbereich um acht Meter, knickte das Kreuzfahrtschiff in seiner Mitte um 30 Grad ein und drückte es aufs Land. Nun lag es zwei Schiffslängen vom Hafenbecken entfernt auf seiner Backbordseite dort, wo einmal die Ost-West-Straße gewesen war. Pathologen hätten Mühe gehabt, bei den meisten der 890 Leichen die entscheidende Todesursache festzustellen. Mit dem Tsunami hatte der Meeresgott der *ONE PINK ONE* den entscheidenden KO-Schlag versetzt. Die Menschen an Bord wurden von Gegenständen getroffen oder eingequetscht, über Gänge und Treppen katapultiert, gegen Wände geschleudert. Wasser drang in jeden Raum der *ONE PINK ONE* und benötigte Stunden, um wieder abzufließen.

Allein eine Gruppe von neun Philippinos, drei Frauen und sechs Männer, überlebte.

Montag, 5. Juli

Der stellvertretende Regierungssprecher Hagen Grusk riss Bundestagspräsidentin Vita Gemmert-Fuhrmann aus dem Schlaf: »Wir haben Kontakt nach außen , Frau Gemmert-Fuhrmann. Seit einer halben Stunde über Funktelefon mit einem dreizehnjährigen Mädchen in Island.« Sie war sofort hellwach und freute sich: »Endlich ein Silberstreif am Horizont! Geben Sie an die ganze Bunkercrew weiter, dass ein erster Kontakt besteht. Informieren Sie uns während der Vormittags-Sitzung des provisorischen Rates exakter.«

Im Konferenzraum befanden sich bereits die Bundestagspräsidentin, der Bundeskanzler und der stellvertretende Regierungssprecher. Während ihres Gesprächs betraten auch die weiteren Mitglieder der Vormittags-Sitzung den Raum. Jörn Kollhuber fragte Hagen Grusk: »Sie wirken sehr niedergeschlagen. Enthielt die Flaschenpost aus Island Gift?« Hagen Grusk flüsterte. Er hatte Angst, dass die Wände ihn hören könnten: »Der Kontakt nach Island scheint verloren. Um 5.52 Uhr meldete sich über Funktelefon ein 13-jähriges Mädchen aus Island, eine Elinborg Holberg. Ihre Eltern besitzen einen Bauernhof, 40 km von Rejkyavik.

Heute Morgen fand sie das Funktelefon, irgendwo im Gelände, wie se sagt. Elinborg Holberg hat ein gebrochenes Bein und ihre rechte Hand ist verstaucht. Sie bat uns um Hilfe. Anfangs war sie bei klarem Verstand. Dann wurde sie immer unkonzentrierter. Zweimal stellte sie das Telefon aus. Zum Schluss sang sie nur noch irgendwelche Kinder- oder Kirchenlieder. Mehrfach stammelte sie. Sie wollte wohl sagen: ʿHelft mir! Bitte!ʾ Beim letzten Kontakt vor 40 Minunten war ihre Stimme ganz klar. Sie sagte, dass der Energiestand ihres Funktelefons sich dem roten Bereich nähere.«

Vita Gemmert-Fuhrmann erbleichte: »Das arme Mädchen. Vielleicht kann es uns noch hören. Senden Sie Pop-Songs. Fragen Sie alle zehn Minunten, wie es ihr geht. Sagen Sie ihr etwas Positives.« Jörn Kolhuber nickte: »Das ist das beste, war wir für die Teenagerin tun können. Herr Grusk, stellen Sie der Bunkercrew den Sachverhalt so dar, dass der kurzzeitig bestehende Kontakt von Island her abgebrochen wurde. Gründe sind nicht bekannt.« Der Bundeskanzler wandte sich an Oberingenieur Kerkreuth: »Sind Sie über den Stand unserer Kommunkation mit Island informert?« Kerkreuth nickte, er kämpfte mit den Tränen. »Reduzieren Sie das Team Island auf eine Person. Wir müssen uns auf die Bewältigung der Situation nach dem Brand konzentrieren. Es gibt eine weitere schlechte Nachricht. Oberst Vincente Scholz erlag heute Nacht um 3.30 Uhr seinen Verletzungen. Erheben wir uns zu seinem Gedächtnis.«

Alle standen auf und schwiegen. Nach einer halben Minute griff die Bundestagspräsidentin zu einem Papier und las vor: »Oberst Vincente Scholz wird noch heute beerdigt. Gleich nach unserer Nachmittags-Sitzung, fünfzig Meter rechts vom Bunkereingang. Mit Ausnahme der Notbesatzung haben alle daran teilzunehmen. Der Bundeskanzler und ich haben beschlossen, besonders seinen tapferen Einsatz für unsere Gemeinschaft als vorbildlich herauszustellen.«

Dienstag, 6. Juli

Bundestagspräsidentin Vita Gemmert-Fuhrmann eröffnete die Sitzung: »Da nun alle Ressorts vertreten sind, eröffne ich unsere Vormittags-Sitzung. Das Protokoll führt wie üblich Herr Grusk. Neu unserer Runde begrüße ich Frau Oberleutnant Judith Freiburg.« Sie nickte der Genannten freundlich zu. Die stellte sich kurz vor: »Ich bin 41 Jahre alt, fliege als Mitglied der Luftwaffe Kampfjets und bin nur deshalb in diesen Bunker geraten, weil Oberst Scholz mich als seine rechte Hand benötigte.« Die Bundestagspräsidentin führte in die Tagesordnung ein: »Beide Hauptpunkte sind geheim. Zuerst Informationen über das Ausmaß der Brandschäden. Zweitens sind daraus Konsequenzen zu ziehen. Frau Trutz-Fenkrow, bitte.«

Sebastiane Trutz-Fenkrow begann: »Ich erläutere auch die von anderen Ressorts übermittelten Fakten. Sollte etwas nicht stimmen, korrigieren Sie mich bitte sofort. Fakt eins: Unsere Trinkwasservorräte reichen nur noch für knapp zwei Wochen. Bei den Lösch- und Reinigungsarbeiten vorgestern wurde nicht aufs Wasser geachtet. Über 90 Prozent unseres Trinkwassers gingen verloren. Die im Bunker vorhandenen Filter können das durch Lösch- und Reinigungsmittel kontaminierte Wasser nicht mehr in Trinkwasserqualität zurückführen. Wir haben zwei Wassertanks mit Brauchwasser gefüllt. Dieses Wasser wird ab sofort zur Toilettenspülung und für die Waschmaschinen verwendet.«

Bundeskanzler Jörn Kollhuber übernahm: »Sie reichten schriftlich den Antrag ein, dass nur noch alle zwei Tage geduscht werden darf, Frau Trutz Fenkrow. Zustimmung, mit einer Ausnahme. Wer körperlich anstrengend arbeitete, soll duschen, im eigenen Interesse und im Interesse aller.« Frau Trutz-Fenkrow warf ein: »Dann müssten wir auch Duschen nach dem Sport erlauben! Fast alle sind sportlich aktiv, einige sogar dreimal am Tag. Der Sport ist wichtig, um einen Bunkerkoller zu vermeiden.«

Vita Gemmert-Fuhrmann sagte: »Spielen wir der Crew gegenüber mit halboffenen Karten. Teilen wir der Crew mit, das Wasser sei durch den Brand knapp geworden. Vor dem Einseifen soll die Dusche 15 Sekunden laufen, nach dem Einseifen 25 Sekunden. Man könne etwas mehr Parfüm oder Deosticks verwenden. Ließe sich da etwas verteilen?«

Jörn Kollhuber nickte ihr zu: »So genehmigt, Frau Gemmert-Fuhrmann.« Er sah zu Frau Trutz-Fenkrow, die die Übersicht über die Magazine hatte. Sie rief im Laptop die entsprechenden Tabellen auf: »Nach Statistik kann jedes Crewmitglied 4 Flaschen Parfüm und 5 Deosticks erhalten. Nebenbei: Unser Vorrat an alkoholischen Getränken ist aktuell größer als die Trinkwassermenge.« Alle lachten und Oberleutnant Judith Freiburg fragte an: »Können wir nicht mit Champagner duschen?«

Frau Trutz-Fenkrow sagte: »Wenn ich zum zweiten kritischen Punkt kommen darf. Die Löschaktion schadete auch den Nahrungsvorräten. Frische Nahrung steht uns nur noch heute und morgen zur Verfügung. Ab Donnerstag leben wir von Tiefkühlkost und Konserven. Das reicht für 15 Wochen.«

Vita Gemmert-Fuhrmann übernahm: »In 15 Wochen, meine Damen und Herren, sind wir in der zweiten Oktoberhälfte. Was Herr Kollhuber und ich gleich skizzieren, bleibt in ihren Köpfen. Wenn Sie auch nur etwas davon an die Crew weitergeben, ist das Geheimnisverrat!«

Jörn Kollhuber stand auf: »Jeder von Ihnen hat einen Eid auf das Grundgesetz abgelegt. Daran möchte ich Sie erinnern!« Er setzte sich, die Runde war elektrisiert.

Die Bundestagspräsidentin fuhr fort: »Das Trinkwasser wird trotz großer Sparsamkeit in spätestens drei Wochen ausgehen, die Nahrungsmittel im Herbst. Herr Kollhuber und ich gehen davon aus, dass jedes Mitglied der Bunkercrew länger leben will. Dazu müssen *alle* oder *fast alle* den Bunker verlassen. Und das möglichst noch *in dieser Woche.*« Ein Raunen ging durch die Runde. »Herr Kollhuber und ich schlagen vor, den Auszug aus dem Bunker so gestalten: Etwa 12 Personen bleiben hier. Sie übernehmen provisorisch die Geschäfte des Bundestages und der Bundesregierung. Die anderen bilden zwei Gruppen, je etwa 45 Personen. Die *Gruppe Mittelmeer* marschiert über Frankreich , die *Gruppe Schwarzes Meer* über die Donauroute.«

Bundeskanzler Jörn Kollhuber sah in die Runde: »Wir beide sind aus klimatischen Gründen für die längeren Wege in den Süden. Dort steht während der kalten Jahreszeiten mehr Nahrung zur Verfügung. Ihnen als Mitgliedern des provisorischen Rates möchten wir freistellen, welche Möglichkeit Sie wählen. Ganz unabhängig von dem Posten, den Sie jetzt haben. Für Frau Guhl heißt das, sie muss nicht hier im Bunker bleiben, nur weil sie für den Speiseplan und das Kochen zuständig ist. Frau Guhl, Sie können wie alle nach Ihren privaten Interessen entscheiden: *Gruppe Mittelmeer, Gruppe Schwarzes Meer, Gruppe Berlin.*

Die Gruppen sollen nach militärischen Regeln geführt werden. Es gilt das Prinzip Georsam. Aber einmal pro Woche werden die wichtigsten Themen demokratisch diskutiert und zur Abstimmung gestellt. Habe ich alles gesagt?«

Vita Gemmert-Fuhrmann ergänzte: »Die verbleibende 12-köpfige Bunkercrew muss noch in diesem Monat mit dem Anpflanzen von Kartoffeln, Getreide usw. beginnen und das Jagen von Hasen üben. Die beiden anderen Guppen nehmen jeweils Nahrungsvorrat für einen Monat mit, Getränke für fünf Tage. Mehr können sie nicht tragen. Dieser Vorschlag von Herrn Kollhuber und mir steht morgen Vormittag zur Abstimmung durch den *provisorischen Rat des Kanzleramt-Bunkers* an. Beraten Sie darüber im Geheimen. Haben Sie gute ergänzende Vorschläge, sprechen Sie Herrn Kollhuber und mich jederzeit an.«

Oberingenieur Moritz Kerkreuth meldete sich: »Frau Bundestagspräsidentin, Herr Bundeskanzler! Die Vorschläge klingen gut, aber wird dürfen keine übereilten Entscheidungen treffen. Ich persönlich gehe immer noch davon aus, dass uns bald militärische Pioniere oder eine Einheit des Technischen Hilfswerks erreicht und der Spuk ein Ende hat.«

Vita Gemmert-Fuhrmann staunte: »Herr Kerkreuth, Sie als Ingenieur müssten sich doch als einer der ersten unserer Bunkercrew ausrechnen können, dass es überall in Deutschland, von Flensburg bis Konstanz, von Aachen bis Frankfurt an der Oder so aussieht, wie hier in Berlin. Vermutlich sogar weit außerhalb Deutschlands.«

Moritz Kerkreuth erwiderte: »Was soll eine Katastrophe solchen Ausmaßes auslösen? Der Meteorit, der vor 70 Millionen Jahren bei Yukatan aufschlug, löschte zwar die Dinosaurier aus. Aber wir Menschen sind eine Scheibe schlauer als die. Darum bin ich mir sicher, dass es Länder gibt, in denen das Leben unberührt von dieser Katastrophe ganz normal weiterläuft. Die Menschen in diesen Ländern werden sich bald um

Berlin kümmern. Wenn vieles zusammenbrach, weil die digitale Technik nicht mehr funktioniert, werden wir Menschen die Welt noch einmal mit simpler Physik aufbauen. Neustart mit Dampfmaschinen und mechanischen Webstühlen.«

Jörn Kollhuber nickte ihm freundlich zu: »Keiner von uns hätte etwas dagegen, wenn es so liefe, Herr Kerkreuth. Aber wenn es solche Gegenden gibt, dann wissen wir nicht, wo sie liegen. Leider scheint das Ereignis sogar global zu sein. Nach dem Stand unserer Kenntnisse gibt es weltweit kein Internet mehr, keine telefonische Kommunikation, keine laufenden TV- oder Radio-Sender. Selbst der Sender »Berlin rechts« ist verstummt. Ich hätte nie geglaubt, dass ich einmal Sehnsucht nach Redundanz und Werbesprüchen bekomme. Die Leiterin der Kommunikationsabteilung teilte mir gestern vertraulich einen Gedanken mit. Weil wir uns zufällig in diesem autonomen Bunker-System aufhielten, sind wir wohl die einzige Station auf der Welt, die Signale senden und empfangen kann.« Moritz Kerkreuth schüttelte den Kopf: »Gestern hatten wir doch Kontakt zu einem 13-jährigen isländischen Mädchen.«

Frau Oberleutnant Maret Brendski zuckte mit den Schultern: »Herr Kerkreuth, das war der einzige Kontakt, den wir mit irgendjemand außerhalb hatten. Der *absolut einzige*. Auch den nur für drei Stunden. Nach Lage der Dinge hoffe ich, dass die13-jährige Elinborg Holberg bereits tot ist. Darf ich als Mitglied der Luftwaffe noch darauf hinweisen, dass keine Flugbewegungen mehr stattfinden? Keine Flugzeuge, keine Helikopter, keine Segelflieger, keine Zeppeline, keine Freiluftballons. Erste Kontaktaufnahme mit Krisengebieten erfolgt seitens der Helfer gewöhnlich durch die Luft. Die Naturkatastrophe war vor fünf Tagen. Es ist kein gutes Zeichen, dass wir bisher kein einziges Flugobjekt am Himmel zu sahen.«

Moritz Kerkreuth biss sich auf die Lippen, sagte dann leise: »Eine globale Katastrophe in diesem Ausmaß? *Unmöglich!* Das übersteigt alles.«

Vita Gemmert-Fuhrmann beschloss die Konferenz: »Herr Ingenieur, keiner von uns weiß, welchen Umfang das Unheil hat. Jeder von uns hofft doch, dass es seine Familie und seine Heimat nicht traf. Es geht simpel darum, dass wir 106 um unser Leben kämpfen müssen. Wir sind sehr kleine und sehr hilflose Lebenwesen auf einem gewaltigen Planeten. Bitte denken Sie im Geheimen über die bestmöglichen Überlebensstrategien nach und treffen Sie ihre ganz persönliche Entscheidung, meine Damen und Herren!«

Der Konferenzraum lehrte sich. Zurück blieben Vita Gemmert-Fuhrmann und Jörn Kollhuber.

»Wie entscheiden wir beide uns, Herr Bundeskanzler? Bleiben Sie auf dem Staatsschiff? Oder soll ich hier bleiben?«

»Frau Gemmert-Fuhrmann. Prinzipiell würde ich Ihnen die Wahl überlassen. Aber Sie wissen, wie abhängig Sie vom Insulin sind. Hier in Berlin wird bestimmt noch einiges gefunden werden.«

»Ihr Wort in Gottes Ohr, Herr Kollhuber. Ich weiß um meine Lage, auch wenn Sie freundlicherweise versuchten, das zu verschleiern. Nach Stand der Dinge habe ich nur noch eine Woche. Was meinen Sie? Soll ich Frau Trutz-Fenkrow als meine provisorische Stellvertreterin aufbauen? Sie würde den provisorischen Führungsstab der Bundesrepublik Deutschland mit straffer Hand leiten. Ich zöge mich in den nächsten Tagen in eine untergeordnete Position zurück. Der Bereich Friedhof bietet sich für mich an. Herr Bundeskanzler, da unsere Zusammenarbeit bald endet, möchte ich Ihnen für die letzten Tage danken. Hier im Bunker arbeiteten wir harmonisch zusammen.«

»Frau Gemmert-Fuhrmann, dito. Gemeinsam erreichten wir das bestmögliche für die Bunkercrew. Dass wir einmal zu so konstruktivem Miteinander finden würden, hätte ich mir niemals träumen lassen. Danke, Frau Gemmert-Fuhrmann, wirklich und von Herzen, besten Dank! Ob unser Abrackern jemals gewürdigt wird? Allem Anschein nach gibt es kein Deutschland mehr und keine Bundesrepublik Deutschland. Ich bin Kanzler einer Fata Morgana.«

»Herr Kollhuber, leider muss ich Ihnen zustimmen. Mit großer Wahrscheinlichkeit wird kein Historiker auch nur eine Zeile über uns schreiben. Die Entfesselung der Naturgewalten zerstörte mehr als Deutschland. Sie löschte die menschliche Zivilisation aus.«

Mittwoch, 7. Juli

Eine Frau und drei Männer saßen im Halbkreis zusammen. Völlig ausgepumpt teilten sie sich ein kaltes Wiener Schnitzel und einen Liter Eistee. Als Tischtuch nutzen sie eine phlippinische Flagge. Leise und sehr erregt sprachen sie miteinander.

»Es ist wirklich wahr«, sagte Ginto. »Jesus Roxas zerrte heute Morgen Jennica gegen ihren Willen zur Seite und verging sich an ihr. Während sich sich deswegen schämt und es verschweigen wollte, prallte er unter uns Männern damit herum. Dafür müssen wir ihn bestrafen.«

Isko schüttelte den Kopf: »Wir können ihn nicht bestrafen. Er ist uns allen an Kräften überlegen. Wenn wir drei Männer ihn angriffen, ließe er uns gemeinsam an seinem ausgestreckten Arm verhungern. Es ist doch so: Wir schneiden uns nur ins eigene Fleisch, wenn wir ihn bestrafen. Denn wir brauchen ihn. Er ist der Stärkste in unserer Gruppe. Ohne ihn schaffen wir pro Tag nur die Hälfte der Strecke.

Und du brauchst ihn besonders, Ginto. Jesus Roxas trägt ab Mittag zusätzlich zu seinem auch noch dein Gepäck und ab Nachmittag dich selbst dazu. Er ist der König. Und Könige haben in einer Gruppe alle Rechte. Gegenüber allen. Er kann dich liegenlassen und mich verprügeln. Das lässt er uns doch auch bei jeder Gelegenheit spüren, nicht wahr? Er ist ein Riese, dieser Jesus Roxas und kann mit jedem von uns so verfahren, wie er will, auch mit den Frauen.«

Empört brachte Richelle den leeren Eistee-Container zum

Platzen: »Isko, das kann nicht dein Ernst sein. Es gibt Gesetze. Die gelten auch für diesen Jesus Roxas. Sollen wir Frauen zu seinem Freiwild werden? Möchtest du, dass dieser Jesus Roxas dich nach Lust und Laune verprügeln oder töten darf?«

»Richelle, bis vor ein paar Tagen gab es Gesetze. Aber seit der Teufel die Erde mit Füßen trat, gibt es keinen Kapitän Wakefield und keine Polizei mehr. Der Stärkste bestimmt, was Gut und Böse ist und was jeder tun darf. Der Stärkste ist Jesus Roxas. Wir müssen sein Spiel spielen. Dabei haben wir eine Trumpfkarte. Er will unsere Anerkennung. Wenn wir ihm zeigen, dass wir zornig sind über sein Verhalten gegenüber Jennica, wird er das beherzigen.«

Jasille Badrig, der bis dahin geschwiegen hatte, meldete sich zu Wort: »Jesus Roxas ist wie ein kleines Kind. Auf Kritik reagiert er mit Trotz. Wir müssten unseren Ärger dosiert vortragen.«

Richelles Stimme überschlug sich beinahe, obwohl sie wie alle nur vorsichtig flüsterte: »Jasille Badrig! Heute nahm er sich Jennica. Soll er morgen Mayari durchficken und mich? Und Jayke töten, weil er Mayaris Freund ist?«

Isko sah besorgt nach allen Seiten: »So schlimm wird es nie kommen, Richelle. So abgebrüht und brutal ist selbst Jesus Roxas nicht.«

Ginto flüsterte: »Überlege bitte mal genau, warum wir hier so leise sprechen und warum du dich gerade so vorsichtig umgesehen hast. Wir alle haben tierische Angst vor Jesus Roxas. Doch Menschen müssen Respekt voreinander haben. Wenn ihr das Faustrecht eines Einzelnen gelten lasst, verlasse ich die Gruppe.«

Richelle erschrak:«Das wäre dein sicherer Tod!«

Ginto sagte nichts zu Richelles Einwurf. Er sah zu Jasille Badrig: »Was meinst du?«

»Entscheiden wir zuerst, ob Jesus Roxas schuldig ist. Wenn ja, dann müssen wir über die mögliche Strafe nachdenken.«

Jasille Badrig blickte Isko in die Augen. Der meinte nach kurzem Überlegen: »Er ist Jennica gegenüber schuldig. Aber wir können Jesus Roxas nicht bestrafen. Wir brauchen seine Kräfte und sind andererseits wegen seiner Kräfte nicht in der Lage, ihn zu bestrafen.

Ginto lachte bitter: Also, wir wären nicht in der Lage, Gerechtigkeit durchzusetzen?

Richelle griff ein: »Hallo, Männer! »Welche Regel soll unter uns gelten? Darf ein Mann eine Frau gegen ihren Willen nehmen? *Haben nicht alle das Recht auf Respekt?* Jesus Roxas *ist* schuldig!«

Ginto schüttelte den Kopf: »Du hast Recht. Es gibt ungeschriebene Gesetze, die immer und überall gelten. Jeder Mensch verdient Achtung!«

Jasille Badrig nickte: »Er ist schuldig, er nahm Jennica die Würde. Also haben wir ihn mit drei Stimmen gegen eine für schuldig erklärt. Wie bestrafen wir ihn?«

Sie schwiegen längere Zeit. Dann flüsterte Richelle leise und bestimmt: »Es gibt nur eine Möglichkeit. Er muss sterben!«

Ginto sagte: »Todesstrafe für eine Vergewaltigung? Wir sollten ihn aus der Gruppe aus-schließen.«

Isko widersprach ihm sofort: » Er würde die Strafe des Ausschlusses nicht akzeptieren. Sein Stolz wäre gekränkt. Wenn wir ihn als Strafe nur fortschickten, vergrößerten sich unsere Probleme. Er würde bestimmt Gelegenheiten nutzen um uns zu überfallen, zusammenzuschlagen, zu berauben und vielleicht sogar zu töten. Wir müssen leider kurzen Prozess mit ihm machen.«

Jasille Badrig stimmte zu, indem er andere Möglichkeiten

aufzählte, dabei aber gleich deren Nachteile benannte: »In ein Gefängnis können wir Jesus Roxas nicht stecken. Mit einem gefesselten Jesus Roxas kommen wir nicht weit. Gegen eine Strafe wie Auspeitschen oder Kastration würde er rebellieren. Und er würde sich ganz sicher an uns rächen. Die Strafe muss auch so vollzogen werden, dass keiner von uns Männern noch einmal auf die Idee kommt, sich an einer Frau zu vergreifen. Bleibt nur eine Strafe. «

Wieder schwiegen sie eine Weile. Dann fragte Ginto: »Es ist ein zu großes Risiko, ihn direkt anzugreifen. Sollen wir ihn gemeinsam töten, während er schläft?«

Jasille Badrig meinte unsicher: »Dann sind wir keine Henker, sondern Mörder. Wir töten ihn, ohne dass er weiß, warum er verurteilt wurde. Können so für unsere Gruppe wirksame Regeln entstehen. Kommen wir so aus dem Teufelskreis der Angst?«

Richelle wurde ärgerlich: »Das sind lässliche Sünden, die du beim nächsten Priester beichten kannst. Gehen wir so vor: Wir lassen Jesus Roxas gleich deutlich unsere Verachtung spüren.

Das wird ihn kalt lassen. Aber unsere Verachtung wird zusammen mit seiner Hinrichtung ein Signal an die ganze Gruppe. Nämlich, dass es Gerechtigkeit gibt, auch in dieser verwüsteten Welt. Ich wecke euch und wir erstechen ihn. Jeder von uns muss mit seinem Messer mindestens dreimal zustechen. Dann legen wir uns wieder schlafen. Keiner von den anderen darf jemals erfahren, dass wir die Henker waren. Das müssen wir mit ins Grab nehmen.«

Ginto nickte: »Richelle, so machen wir es. Alle werden wissen, dass die Tötung dem Prinzip der Gerechtigkeit diente. So entsteht in unserer Gruppe Achtung vor den Regeln.«

Jasille Badrig sagte: »Machen wir es so. Aber werden wir unsere Hände jemals rein gewaschen bekommen von seinem Blut? Jetzt begeistern wir uns für unseren Plan. Aber können wir noch an unsere guten Absichten glauben, wenn wir morgen über der Leiche des von uns getöteten Jesus Roxas stehen?«